衡阳酒娘

罗 平 著

HENGYANG JIUNIANG

家园之美，美在她的似水流年
家园之美，美在她的率真随意
家园之美，美在她的乡土味道
家园之美，美在她的博大胸怀

北方联合出版传媒(集团)股份有限公司
万卷出版有限责任公司

图书在版编目(CIP)数据

衡阳酒娘 / 罗平著. -- 沈阳：万卷出版有限责任公司,2022.1

ISBN 978-7-5470-5828-2

Ⅰ.①衡… Ⅱ.①罗… Ⅲ.①散文集–中国–当代 Ⅳ.①I267

中国版本图书馆 CIP 数据核字(2021)第 217701 号

出版发行：北方联合出版传媒(集团)股份有限公司
万卷出版有限责任公司
(地址：沈阳市和平区十一纬路 29 号 邮编：110003)

印 刷 者：长沙市精宏印务有限公司

经 销 者：全国新华书店

幅面尺寸：170mm×240mm

字 数：280 千字

印 张：14

出版时间：2022 年 1 月第 1 版

印刷时间：2022 年 1 月第 1 次印刷

责任编辑：张冬梅

责任校对：高 辉

策 划：张立云

装帧设计：潇湘悦读

ISBN 978-7-5470-5828-2

定 价：68.00 元

联系电话：024-23284090

传 真：024-23284448

我的家乡"蒸"的美
（自序）

衡阳县，地处南岳衡山之南，故名衡阳，属湘中腹地，居衡邵走廊。

这里，虽没有名山大川，却有南岳七十二峰之诸峰，尤以岣嵝、白石、云锦、紫云、大云、聚湖、邹岗、雷祖、雷钵等山峰而有名。这里，虽没有大气磅礴的河流，却有百里蒸水母亲河的娟娟秀丽，有武水、演水、岳水等溪河的哺育。

这里，历史厚重。一方山水养一方人。有上古大禹治水的神话传说，有黄帝正妃嫘祖的母仪美丽，有桓伊创作"梅花三弄"的缕缕遗香，有与西方赫格尔齐名、被毛泽东誉为"东西方哲学双子星座"王船山的"经世至用"哲学思想，有夏明翰"砍头不要紧，只要主义真"的红色基因，有彭玉麟"不要钱，不要权，不要命"的铮铮风骨，有曾熙笔下的点点墨痕，有当代言情作家琼瑶的似水柔情……

这里，是中华五千年历史的沉淀，是世世代代人们辛勤耕耘、顽强生命的见证，是一代又一代衡阳县人汗水和智慧的结晶。

这就是我的家园。美不美，家乡水；亲不亲，故乡人。家园历史的深处，有金戈铁马，有暮鼓晨钟，有气贯长虹，有暗香浮动；家园山水的深处，有三月的古渡，桃花夭夭，有满垄的油菜，花开倾城；有荷风送爽，芙蕖婷婷，有织女湖的幽蓝，有妙溪水的甘甜，有伊山梅花疏影，有冰清玉洁的大云雾凇，有千年老街，有长乐梯田，有钟武故城，有石板古道，也有小桥流水……

这就是我的家园。只要你深爱她，你就觉得她很美。美得自然，美得纯朴，不做作，不粉饰。一草一木，一山一石，一水一渡，都是那么的令人向往与膜礼。她的美，美得有些内敛，需要用心去发现，需要用情地呵护，需要用爱去触摸。

我的每一篇小文，都是再平凡不过的家园一瞥，或一山一石，或一渡一桥，或一物一人。这些文字，可以让人真正了解自己的家园。每一篇写家乡人，家乡事，家乡景，家乡历史典故的文章，或多或少都会激起父老乡亲的故土情结，有的让我还很感动。如《渣江桃花堰，人面桃花灼灼艳》《西渡旧事》《板市，一个关于红尘客栈的故事》《长乐梯田》等文字，勾起了一批又一批"老渣江""老西渡""老板市""老长乐"们的时光记忆，都想看看家乡的模样，追忆自己的流年昔往。

一位70高龄的退休老师，在读了我的《新桥紫藤，花开多情的季节》一文后，硬是让子女，租上一辆的士，送他到新桥转一转，看一看。一位曾经在西渡老街居住的老人，客居异乡几十年，说是我的文字让她夜夜思乡，千里迢迢到西渡老街走一走，看一看，了却她几十年来的夙愿。还有一批又一批年轻人，循着我的文字，听着我讲的故事，去寻找家园深处的美丽和历史的足迹。

感谢我的读者，感谢我的"粉丝"，你们的鼓励与认可，是我的写作灵感与源泉。一位读者的留言，让我始终难以忘记："我的家乡板桥，在作者笔下是如此之美，伤感而又温暖的红尘故事，芬芳了我们少年时光，也沉淀为记忆中浓浓的乡思。一篇能产生共鸣的美文，带我循着记忆中的古道，走进我的童年时光……"网友云轩阁的留言，也是其中一个缩影："一缕温馨，让文字化作水墨写入流年，许我微笑着珍惜，并纳入生命的画卷，落成一季季印迹，记忆里留香墨语，冬寒送暖，用季节的丝线，拨动着心底的念想，和着冬的韵脚，流转前行；洒下滴滴暖墨，让文字的舒展，曼妙一季的风景，记录着一路的相惜；让时光柔软，让生活诗意，让我的祝福，一路随你同行！"字字如暖，句句温心。

也许，这本身就是家园的内在魅力与美丽。这也许，就是父老乡亲的故土情结与乡情。

家园之美，美在她的似水流年。那些曾经的，过往的，人们也许来不及欣赏她，甚至遗忘了她。但她，经过时间的沉淀，岁月的洗礼，如今来看，便是岁月美人。就如你翻开一本相册，少年不知容颜贵，年长方知青春美。流年似水，一去不返，可以让你感慨万千，可以让你怅然若失，可以让你弥足珍贵。愈是久远的，愈是失去的，也许，让人愈加珍惜和惜爱，愈加回味和忆念。我的《难忘过年炒"换杂"》《难忘曾经的"双抢"季》等文字，在网络和读者中，引起了强烈的共鸣和广泛的热议。一位读者给我留言："《双抢》一文未读完，原因是已经让我泪流满面。"还有网友留言："世上最锋利的不是刀刃，而是你的笔端。你的文字让我心灵震撼。"这些文字，是家园流年之美，记忆之痛，时光之恋。

家园之美，美在她的率真随意。她是那么的率真和朴素，极具自身的风格特点。西渡的酒娘，渣江的粉娘，集兵的烧饼西施，新桥和板市老街的老板娘，井头雨巷的卖花女，台源的莲姑，蒸水河畔的夏雨荷，九渡的倩女，等等，这里的人们，想笑就笑，想哭就哭，敢爱敢恨，敢作敢为，一切都是那么的随意而自然。这就是随意之美，率真之美，本性之美。

家园之美，美在她的乡土味道。这里的人们聪明智慧，守拙创新。本地的食材、混搭的韵味，造就了这里独特的味蕾记忆。渣江的假羊肉、霉豆渣、海蛋汤、土头碗和米粉，集兵的豆腐、烧饼，洪市的芝麻糖，长乐的薯粉条，西渡的湖之酒，杉桥的糯粑，等等，虽不是山珍海味，却是"土得有味"，让家乡的游子，梦萦魂系，身在千里外，味在心中留……

人们常说，走遍海角天涯，不如家乡美丽；吃遍世上百鲜，不如妈妈的味道。是啊，那曾经的"双抢"季节，高强度的劳作之后，一碗冷丝瓜汤，就着几只酸水辣椒咽饭的味道，也许让你终生难以忘却。家乡的味道，是游子的基因，始终无法改变。妈妈的味道，是有生俱来的情感依赖，是融入血脉的浓浓亲情，是人生五味酿成的一坛老酒，它是任何调味品都无法替代的，时间愈久，香味愈浓，就如西渡湖之酒，历久弥香，醇绵无穷。

家园之美，美在她的博大胸怀。家园，犹如一位伟大的母亲。她把博大无私的爱，奉献给了她的儿女；她把满腔的柔情，万般的宠幸，倾注给了她的人们。不管你是富有还是贫穷，不管你是高尚还是卑微，她都不在意，都是那么的挚爱和呵护。无论你在外漂泊，还是流浪远方，她都一年四季，以不同的景色将你相拥入怀。犹如老家门前那棵古树，总在以盼望和等待的姿势等你归来。这就是家园的博大之美，这就是母亲的血脉之亲。

只要心中有家园，家园时时是春天；只要心中有情怀，家园处处是画卷。只要用心，用情，用爱去发现，家园深处的美丽，便是你眼眸里最美的风景，就是你心灵中诗意的栖居。

谁不说自己家乡美，谁不被母亲酿的湖之酒醉。这就是我出版《衡阳酒娘》的最好注释。

（罗平记于 2019 年 8 月 8 日，2021 年 8 月 3 日修改）

目　录

第二章 衡阳酒娘

第三章　渣江酒席

01

第一章

▼

西渡旧事

XI DU JIU SHI

蒸水悠悠流，
古渡静静等。
旧事慢慢老，
故人迟迟归……

西渡旧事

时光清浅，如同这条名叫蒸水的小河，不慌不忙，不缓不急，声声慢，款款流。岁月沧桑，如同这条老街，青砖斑驳，檐椽断残。

据说，自先秦时期开始，从衡州西去宝庆有一条古道，必渡蒸水，河上无桥，靠舟楫往来，此渡故名"西渡"。

秦时的明月，曾经映照古渡的荒凉，有几分苍白。汉唐的马蹄，曾经踏过衡宝古道的浮华，留下"嘚嘚"蹄声，回响在蒸水的彼岸。明清的烟雨，朦胧了古渡的前世今生，让人有几分伤感和怜意。

因为蒸水，因为古道，便有了西渡这方古渡。人来舟往，客歇马乏。在古渡西岸，便依古渡码头，有了一条小街。人们便开始在这里经商贸易，营生为栈，延绵生息。

厚重粗拙的条石砌成的古渡码头，宽不过尺余，高七七四十九级。渡口两旁，置有拴船的石柱。石柱依然在，但未能拴住历史的舟楫，道道勒痕，勒进了岁月的深处。

从河面泛舟，沿码头拾级而上，是一条就地取材，用红砂石板铺成的街巷，这就是西渡老街。街巷的石板并不规则，但铺得还算平整，原本粗糙的石板，被红尘过客踏得有些残缺但却光滑。

街巷两旁，是典型的明清建筑，青砖黛瓦白墙。昔日的酒旗或店幌，早已被历史的风云卷去。破落的惠福寺里的木鱼也早已停息。尘封的寺门，长满了蜘蛛网丝。一对古铜门环，生了铜锈，似乎很久无人去轻扣。

烟雨三月，当你走过老街雨巷的时候，有古街的风，跟着河畔的柳絮，吹到耳畔。断檐下的雨滴，与残墙上的青苔，便让这里鲜活起来，使整个街巷便有几分古风的诗意。

你可以想象，这里曾经的熙熙攘攘，曾经的拥挤繁华，曾经的人来客往。有匆匆过客，在这里寻得一份悠闲，吆喝着店铺的老板娘，煮上一壶湖之酒，就着一碟花生米或者兰花豆，品味着三月的烟雨，品味着古街的别韵，品味着人生旅途的惬意。也有熟客，趁着醉意，对如同江南三月般的老板娘，挑逗几句，戏弄一番。见多识广的老板娘并不生气，抛出一个媚眼，或者娇骂几声，更为这个春天的古街带来几分情趣。

有孤舟蓑笠翁，从蒸水归来，提着鱼篓，在沿街叫卖。鲫鱼熬汤，草鱼或鲤鱼作料，配上渣江的米粉，给古街的过客留下一份醇香绵长的回忆。

很久以前，你是西渡古街的卖花女。一把油纸伞，鲜艳了古街的三月，明媚了三月的古街。一篮丁香，幽怨了这里的传说，染香了你的裙摆，渗透了阿妈的酒坊，淋湿了阿爸的烟袋。

一天，有一路行人，行色匆忙，从这里路过，由于天色已晚，便在街上投宿。当你提着花篮，与他擦肩而过时，一不小心，花篮被他撞落，鲜花落

满一地。他慌忙帮你捡起支支花朵，满脸的歉愧。而你，与他四目相视，犹如梦境，欲语而无声。他说，他是渣江的一个穷书生，听说彭玉麟在湘江训练水师招募乡勇，就随同乡去投奔。他说，要全部买下你的花，再送给你，但没有银两，只有随身携带的一把纸扇。

也许，这就是人生的最美遇见；也许，这是你命中的情感夙愿。你收下了他的折扇，不为卖花，不为金钱，只为你情窦初开的芳心，只因他就是你心仪的那个男人。

他说，等我归来，我许你一城绚丽繁华，许你一世烟雨彩霞，陪你一生日暮天涯。从此，一把折扇，折叠心迹；一束丁香，芬芳回忆；一次等待，发及腰际。

中洲的渔火，是你的点点愁绪和思念。马厂的马嘶，是你心的嘶鸣与呼唤。河岸的桃花，灼灼开放，片片花瓣，落红随水。一年一年，一季一季，每年，每天，你都要踏着湿漉漉的台阶，如同孤灯一盏，站成古渡凄美的风景。不见当初的如画眉眼，不见曾经的白衣少年。你，如同一朵丁香花开，一梦今生，一念随风，一等成茧。

有人说，湘军攻破了南京城，他早已是一位叱咤风云的将军，荣华富贵，妻妾成群。也有人说，他立下赫赫战功，后来战死在鄱阳湖上。这些传说，你都不信。你说，他携三千温婉，许你一世安暖，不负丁香，不负这份等待。于是，你夜夜煮一壶思念，在古巷的深处，描摹他折扇上的墨痕。思也悄悄，念也无言。

后来，陆续有退役的湘军从湘江经蒸水回双峰回渣江，回到离别多年的故乡。一日，一位退役的湘军士兵来到这里，帮助战友寻找一位叫丁花的遗孀，遍寻街坊都不曾找到你。因为，你们只是一次偶遇，是他撞落了你花篮里的丁香。或许，他并不知道你的姓，并不知道你的名，只知你们在这里相遇，只知道你是位丁香似的姑娘。

后来，又传说街上的钱庄里存着一笔战死湘军将领留给遗孀的一笔财产，领取的信物是一把折扇。这时，你知道，你等待的，只是曾经的一瞬相

遇，只是天荒地老，只是海枯石烂。

后来，有人说，你领取了那笔财产，修缮了渡口，修缮了街巷，并买下了街上的几处店铺，建成一处寺庵，名曰"惠福寺"。寺里有一位居士，每天在敲着木鱼。从此，早上或傍晚，木鱼声声，成了西渡古街的声韵。你敲着人生的宿命，你敲着情感的脆弱，你敲着蒸水的日出与日落。

你伫立在古渡码头的石阶之上，三月的烟雨打湿你的衣裳，蒸水的汛期湮没了故人的诺言。古渡的东边是青丝，古渡的西岸是白发……

西渡的旧事还有很多。这里的一草一木，一砖一瓦，一石一柱，都是一个故事，都有一段旧事，都是古街、古渡的一个图腾，都是这里人们的一段忆念。

古渡和古街都在深情地期望，那就是等待。那些断墙残垣上的藤蔓和石板街巷里的青苔，就是这里不老的誓言。

蒸水悠悠流，古渡静静等，旧事慢慢老，故人迟迟归……

（记于2019年2月20日）

本文刊发于2019年2月20日网易、2019年2月20日看点快报，2021年7月23日《衡阳日报》副刊头条。

金华山下，我在等你

今年的春意，来得早，也来得快。年味还未尽，年意尚未去，那在冰雪中寒彻一个冬季的油菜，就像豆蔻年华的少女，一夜之间就情窦初开了。这一开，竟一发不可收拾，开得那么炽烈，开得那么烂漫。虽然，也有几分羞涩，却愈发惹人爱慕与怜惜。

雨水时节，春雨便应时而生，淅淅沥沥，停停歇歇，下得不缓也不急。春风如剪，裁出诗意，惹那行人，纵步追风，也追你。

今年的油菜花节，在金华山下开幕。于是，我在金华山下，等你，梦你。黄金一地，春风十里，只为等你。

有山如黛，犹墨入水，轻云淡淡，犹如薄纱，染绿了一池青衣。有春光迷眼，开出了一世黄花。山上的金华庵，暮鼓晨钟湮没在1300多年的历史深处。曾经，有多少红尘男女，揽满天心愿，采竹回家。有多少信男善女，挽一缕春霞，在清风里，埋一地桑麻，可最终，能有几人披一身袈裟，把那相思在红尘和黄花中放下。

于是，便有男耕女织的平凡日子，便有了春天里最灿烂最无边的春色，便有了这漫山遍野，满垄满町的油菜，轰轰烈烈，繁花满地。

于是，有我，煮一壶青茗，揽一片轻云，纵一份思绪，在金华山下等你。等那一场不期而遇，等那牵动你心里一片灿烂的美丽。

我在等你，等山上风起，送来你归期的讯息和你戏花的蝶衣。等你，撑着一把油纸伞，在回眸顾盼，寻找那一年一遇的心潮涟漪。等你，一起听庵檐雨滴的婉丽，听曾经那条山间石板路上空踏的嘚嘚马蹄。等你，在山间古树下邂逅的写意，等你，在轻风中张开双臂，等你，在金黄的油菜花海里，追风逐蝶的长发飘逸。

我在等你，等你在这个油菜花盛开的季节里。在这个属于思念与踏春的季节，牵挂打湿在烟雨的痴缠里，浪漫散发在无边的芬芳里。山寺归春，草色结雨，摘一朵油菜花，等风轻嗅，萌动，悸动，草木动心。人间三月，是一片繁花，是一年期许，是一掬温暖，更是你人生的芳华季。

在金华山下等你，因为这里的风，知花的心意，这里的山，知云的来意，唯有你啊，可知我在这里梦你，等你，思念你，只想在最美的年华遇见你。

也许，你曾是追风少年。也许，你曾是岁月美人。时光和岁月，可以催老你的容颜，但无法抹去你的记忆和无邪的心迹。不管你是历尽千山还是万水，不管你是否走过多少世间烟尘，我都为你种下了这一片油菜花地，让你的心境，永远灿烂靓丽。

在这里，曾有无数人来过，你那纤纤娜娜的身影，从未在花海里隐没。因为，你的情，你的心，你的影，已经化作油菜朵朵，开满了这里。你不会失意与落寞，来来去去，你都是潇洒过客。你最终不恋，也不信，一个关于牡丹、梅花的花神传说。因为，你笃信，平凡才是人生真正的美丽，花开花谢，相思结荚，情感结籽，才是人生最美的脚注。

油菜花开，开出一朵孩童时代的纯真，开出天真无邪，开出青梅竹马，可以把你疲惫的身心温暖慰藉。开出一朵少年青葱的期许，可以让你一路迎着青春的希冀，去慢慢追忆。开出一朵中年的淡然，可以让你从容面对世事的沧桑，甚至坎坷的经历。同时也可以开出一朵黄昏的夕阳，哪怕是芳华已尽，依然芳香缕缕。

你可还记得，我曾经为你许下的诺言，为你许下一世繁华的心愿？也许，只有我懂你的美丽，把你记在心里。你可会，约一程阳光，来这里，采一路芳菲，拈一瓣花语。

不管你是功成名就还是浪迹天涯，不管你是红尘所累还是弦断音泣，我都在这里，为你种下这片油菜地，等你花前月下，等你共话桑麻，等你荷锄夜话，等你青丝白发。

这里的油菜，年年为你盛开。不知是谁，又把桃花种下，总想为你，把那年华，把那相思，把那牵挂，深深种下……

如今，春来了，风轻了，云淡了，这里的油菜花开了。经世流年，山高水远，我在金华山下，等你。

唯愿时光静好，与你语。岁月如诗，与你歌。似水流年，与你同。繁花一片，与你赏。芳华洗尽，与你随……

金华山下，我在等风，也等你，我在梦花，也梦你。

（记于 2018 年 3 月 12 日）

本文为湖南第一届（衡阳县第二届）油菜花节而作，刊发于 2018 年 3 月 15 日腾讯、网易等网络平台。

三月的古渡，有桃花盛开

　　那日君一别，今又桃花吐，思念你的歌，化成了桃花雾，一场桃花雨，涨了桃花渡。

——题记

　　湘江，缓缓北去，蜿蜒至此，江面平坦，也甚宽绰。江的两岸，左高右平。这里，就是樟木古码头，也叫樟木渡。

　　因为有渡口，人们便在渡口处栖居，枕水而眠，渡水归去。后来，这里便形成了樟木老街。在渡口边，有一个寺，据说曾是一位居士的住处，后因周围樟木丛生，树荫如盖，人们便把这里叫樟木寺。

　　不知是先有寺还是先有渡，反正这里就叫樟木寺，也叫樟木渡。这里，曾经演绎了多少盛世繁华，演绎了多少离别的伤怨。

　　阳春三月，大自然如同缤纷多彩的舞台。金黄的油菜铅华未洗，天天桃花，又开始竞相争艳。

　　刚刚去过三月的油菜花田，又去追寻《诗经》的韵步，循着桃之夭夭，灼灼其华的双眸，轻锁春天那一片粉红的情愫。

　　于是，去樟木，寻古寺钟声，听湘江忆旧；去古渡，找离人踪影，看执手泪眼；去桃园，看佳人抚琴，醉十里春风。

昔日的寺庙早已不见，唯有几段断墙残垣，淹没在丛生的杂草里。不长的古街，有雨巷，也有石板路，有历史悠远的遗迹，也有抗战时期的标语，却没有了悠远的寺钟，也没有了江舟渔火对愁眠。

古渡码头，一半湮没在泥沙的深处，一半袒露在岁月的沧桑。那几株古樟，兀自苍劲，身上长满了青苔，爬满了蔓藤，见证了这里曾经的繁华与衰败。也不知陪伴过多少离人，望湘水远去，望帆影入云，望天涯归人，望断多少秋水，望落多少夕阳，望尽多少归雁。香樟的枝枝丫丫，也不知缠绵着多少痴情男女的牵挂与夙愿。

那等在渡口的桃花女子，望帆影，盼郎归，盼心中那根相思的长纤，轻轻拉，小心绕，拉出一串相思泪，拉成一条相思线，最终，绕成了古渡边上的一树树青藤……

也许，是怕那相思之纤太细，是怕那思念之绳太短。于是，便把那累世情缘，种成忆念，种成年华，种成古渡身后那桃花十里，那云霞一片。

于是，这里，便成了你心中的桃花渡，成了你日日思，夜夜念……

总想把那瓣瓣桃花，洒满这一江春水，总想把那点点落红，化作离别人的归途，让他溯水而上，让他记得出发的方向和离别的地方。

而你呀，踩着春的页脚，将思念在三月里慢慢打开。或独坐湘水之湄，遥望蒹葭苍苍的彼岸，总希望有一叶承载如缕念想的兰舟翩然而上。或独坐寺前，听钟声，伴涛鸣，在心里念叨着你的名字，细数着三生三世的约定，百遍千遍。总在盼望着，与君浅笑牵手，依桃轻挽，把那一片情，把那一份念，把那

一腔相思苦，挽在手上，挽在心上，挽成一个同心结，去共赴一程记忆的春天，去共赴一场花事的盛宴。

如今，十里桃花，已如期绽放，朵朵开在你低眉浅笑的无邪里，开在你幽幽怨怨的相思里，装扮你的似水流年。点点入眉心，点点入情深，绣一个春风化雨的爱恋。

人面桃花相映红。红颜如你呀，是否有离人踏浪归来，把那深锁三千寂寞时光，把那身后三世盛开的霓裳，陪你，沏成一壶桃花茶，酿成一杯桃花酒，慢慢煮，浅浅品，深深醉，声声念……

醉在你前世的情缘，醉在你今生的别怨，然后，用一张张宣纸，一次次描摹他的模样，描成桃红，写尽流年，留下淡淡浓浓，深深浅浅的相思墨痕。

你站在他过河或泛舟的渡口，等呀，哪怕是芳华落尽，也要等到他，前世回眸的那一眼，生怕他错过了今生繁花三千，生怕他误了今日红云一片。

你徜徉在他梦里的桃花源。一支笛箫，一张古琴，幽幽地吹，轻轻地捻，生怕他，忘了今生桃花开，忘了今年桃花艳，忘了灼灼桃花苦与甜。

你等啊，等得那一江春水涨了潮，等得那一座古寺成了忆，等得那一方古渡生了烟。

今天，你还在等。你在等他，于古寺遗迹，于古渡石阶，于桃花深处。君不来，你不去。哪怕是春雨如霏，桃红一地，你也要守候在这桃花渡边。

摘一朵桃花，站在樟木寺前，等在你的渡口。君不来，花不败。灼灼桃花，虽有十里，唯愿有一朵，开在你的心间，那么美，那么恬……

三月的渡口，有桃花盛开，也有落花成冢，有春风十里，也有思念成茧。唯愿你呀，被春风温柔以待，被岁月轻拥相眠……

（记于 2018 年 3 月 13 日）

本文刊发于 2018 年 3 月 15 日《衡阳宣传》、腾讯网，并被品略图书馆收藏。

新桥紫藤，花开多情的季节

谁是那树藤，谁是那紫蝶。谁把痴情化缠绵，谁用紫雨诉前生。

——题记

蒸水，在这里转了一个弯，宛如一位深闺丽人，莲步款款，摇曳婀娜，一路娇喘，经历九渡十八滩的跌宕之后，已是香汗淋漓，在快要投入湘水怀抱时，不知是因为留恋，想多看看这里一眼，还是被这里美丽的紫藤，绊了一下脚跟，于是，匆匆的步履愈来愈缓，在这个叫新桥的地方，将丰腴的身姿雅致而惬意地舒展。

因为蒸水，因为河上一座石拱桥，这里便叫新桥。因为一树紫藤，因为一次浮桥上的邂逅奇恋，这里又叫心桥。其实，新桥并不新，是一座七孔石拱桥，已有100多年的历史，显得那么厚重和古拙，桥身早已长满了藤蔓和苔藓。也许，在石桥之前，这里只是一座用木料搭建的浮桥，或者，只是一个小渡口，且名不见经传。

在新桥，紫藤随处可见，尤以一树不知年岁的紫藤，成为新桥旧梦和新桥往事的遗篇。紫藤的颜色，紫了一片天，艳了丽人的脸，勾起人们的念。

紫藤，一个美丽而带忧伤的名字，在人间四月芳菲尽的春夏之交，在情深深雨蒙蒙的季节轮换，你以旷世的痴情，演绎着今生的缠绵，前生的绝恋。你以亘古的爱情，化作紫云朵朵，紫雨串串，紫蝶翩翩。

人们都说，你为爱而亡，为情而生。因为，你的前世，有一个凄美的殉情故事，那么令人感动，又那么让人心酸。你将三生三世的情，百年千年的痴恋，永生永世的缘，浓缩成前生的恋，今世的缠，惊人的艳。

有人恋你的紫颜，说你初见惊鸿，再见倾城。有人读你的花语，说你三生痴情，今生堪恋。你的枝蔓，细细纤纤，在轻轻风里，风情万般。你的花语，在恋人的耳边，柔情百遍。你缠绕着树木，爬上了篱笆，犹如一首隽丽而忧伤的诗，淡淡地，恬静地开在心桥的缱绻。

站在桥上，伫立码头，依在藤下，你可以去穿越一程心灵的光阴岁月，去穿越一对情人的前世今生，去感受一段为爱痴，为爱狂，为爱缠的亘古奇恋。可以让你读懂一个紫藤花开的故事，可以让你品味淡淡香风，可以让你的心啊，绽放紫艳片片，凄美点点……

在很久很久以前，你是一位老中医的独生千金。为躲避衡州城里的战乱，家父携妻带女举家逃到了这里，开了一间小小的中药铺，为过往行人把脉问诊。因你的家父医术高明，求医问药者便络绎不绝。也是因为，你常常穿着紫色的衣裙，蛾眉丹眼，面若桃花，身若河柳，大家便叫你紫衣。你常常帮衬父亲，在药铺抓药，在渡口浣衣，宛如一朵紫云，开在蒸水岸边。

锦瑟年华，豆蔻青春。一天夜里，你做了一个梦，自己的意中人是一位白衣少年。从此，你便日日思、夜夜盼，天天望，总希望梦中少年能够早日出现。你等在门前的那个渡口，等在这蒸水河上的那座浮桥，总想邂逅一场美丽的梦里姻缘。

你等啊等，终于在一个多情的季节，等来了你梦里的白衣少年。你等在浮桥，等在心岸，也不知是谁先看了对方一眼，你竟忘了正在河里漂洗的衣裳，他也忘了过河赶路的行程。你说，最近总做一个梦，很久很久以前，你们是相识的。你说，在梦里，自己就是中药中的一朵花，而他就是西湖岸边那个中药铺的小许仙。他说，为了你，自己来自那遥远的天边，哪怕是尝尽红尘艰辛，只为见你一面，只为一次遇见。

也许，这就是一见钟情，这就是缘分天定，这就是前生债，今生缘，来生恋。

少年家境贫寒，十年寒窗，或为功名，或为遇见。你们邂逅在这蒸水的浮桥之上。然后，少年便在你的后山结下草棚，晴耕雨读。你便常常来到后山，伴他读书。在晨风中，你长发飘飘，在霞晖里，你紫袂翩跹。

不久，老医家知道了，因为少年来自远乡，家道贫寒，坚决反对你们的相恋。诀别的那天，你去他的草棚，与他道别，却不幸被毒蛇咬伤了脚踝。少年便用嘴为你吮吸伤口，吸出毒液。书生的举动坚定了你与子偕老的誓言。于是，你们相拥而泣，从一高处跳了下去，就这样，演绎了一段凄美绝伦的旷世绝恋。

也就在那个夜晚，一场好大的紫雨，把蒸水上的那座浮桥冲走了。为女儿，为书生，为一段凄美的痴情，或者也许是为自己的悔恨，老医家夫妇悲伤欲绝，便倾其家财，发动乡邻，在渡口建了一座石拱桥。从此，浮桥变成了石桥，人们便叫这座桥为"心桥"。

后来的后来，石桥又进行了新建，也许，就是现在的新桥。石桥也好，新桥也罢，爱若在，心就在，情若在，桥就在，痴若在，缠就在。

后来，也不知过了多少年，在你们殉情的地方，长出了一株高大的槐树，树上缠着一根藤，每年的这个时节，都会开满紫色的花朵，一串一串，形若紫蝶，色若紫云，坠如紫雨。于是，人们便叫你紫藤。从此，你总是以千百年前那身紫衣的模样，开在红尘，开在心岸，开在流年。

有人说，十年修得同船渡，万世修得共枕眠。而你啊，不知是有缘无分，还是天注的夙愿，便把三生三世的情，百年千年的爱，化作今生的痴，永远的恋，天天的缠……

如今，这里的人们，来到河边渡口，来到紫藤花前，都是那么的安静，生怕惊扰了心桥之上那对恋人的情梦，生怕惊扰了"藤缠树"的千年相拥，万年相恋。

如今，这里老街上的中药铺，依然在散发着陈年的药香。一树树紫藤花，依然在飘荡着千年相思的芳醑。这个新桥或者心桥的往事，就这样，随着轻轻的河风，吹到耳畔，映入眼帘。那树据说已经生长了几百年的紫藤，如今依然那么年轻，根根茎蔓，串串紫蝶，纷纷紫雨，还是开得那么的鲜艳。

总有一些女孩，站在紫藤花下，安静地看着。晴天，看紫蝶摇曳。雨天，看紫雨纷飞。也许，她们就像紫衣，在等着那个梦里的少年。

若风解花语，花解风情，他解你意，最美的情感，最美的相遇，便是情海里那一座心桥，心岸上那一树紫藤，紫藤上那一串紫蝶。因为，你用千年的痴缠，美丽了人间有情的天。

痴情如你啊，婉约了千年，凄迷了云烟。岁月如你啊，开出了绝色，守候了三生。而今，如你的痴情又有多少？在岁月的深处，在梦的转角，在渡的心桥，又有多少离人，在相拥诀别，在等待下一个紫藤花开的季节。

一座心桥，通往情岸；一树紫藤，痴缠千年；一串紫雨，化蝶惊艳。你为爱而死，为情而生。你用三千情丝，万般爱恋，化作情感缠绵，化作花语柔软，化作紫雨点点，化作紫蝶翩翩。你情海的桥啊，是否依然。

紫藤花开，开在多情的季节，开在你的心岸，开在你的眉间。你若是那一座桥，我便是那水色；你若是那一株树，我便是那紫藤。愿用相思化缠绵，愿用紫雨诉前生……

（记于 2018 年 3 月 21 日）

本文刊发于 2018 年 3 月 22 日《衡阳宣传》、腾讯网，并收录于衡阳县清花湾形象宣传集《遇见·清花湾》。

界牌五彩瓷，岁月美人如初见

　　一片片碎瓷，如同小镇历史的碎片，亦如散落在旧街老巷里的记忆，让人捡起，拭去岁月的尘埃，依然是那么的鲜丽。

　　一缕缕窑烟，如同这里历史的烟云，亦如飘荡在崇山峻岭间的回忆，被山风吹散时光的痕迹，依然是那么的清晰。

　　在南岳的后山，在一个叫界牌的小镇，那一片片五彩瓷，那一件件釉下彩，是藏在人们记忆深处的点点印记，也是某位画工抑或多情才子，为千年之后的邂逅埋下的伏笔。

　　界牌五彩瓷，曾经是一位小家碧玉，藏在深闺。当一方方底部镌刻着"中国界牌"的胎记，惊艳世人时，便有无数追逐者惊叹你倾国倾城的颜容，仰慕你冰清玉洁的肌肤，沉醉于你清脆如磬般的音色。

　　任记忆的山水烟云雾绕，百转千回，而你呀，宛如一位岁月美人，依旧风情万种。就算地老天荒，星转辰移，在过往的流年里，你永远都是那么的恰在芳华。

　　那条流转在弄堂，蜿蜒在街边的银溪，是否还低吟浅唱在岁月的沧桑里。水架桥上，那曾经一排排捣碾瓷泥的水臼或水磨，循环往复的吱呀声，是否还在人们的梦境中时常响起。

　　南岳的山，遇见了衡山的云，就有了烟云的飘逸。银溪的水，遇上了白龙的泥，就有了"我泥中有你，你泥中有我"的诗意，管管狼毫遇上了墨晕，就有了五彩的绚丽。你遇上了他，就有了花开鸟鸣，就有了晨霞黄昏，就有了妍艳与妩媚。

这里，有祝融圣火的延续，有龙潭之水的灵气，更有白龙现身的传奇。同时，也有过繁华至极，也有过冷落孤寞。火是你凤凰涅槃的温度，水是你缠绵缱绻的柔情，泥是你独立于世的风骨。是谁，在水架桥边，用三生痴情，描摹你五彩心愿？又是谁，在银溪之中，用涓涓清凉为你洗漱不老容颜？还有谁，站在祝融之巅，为你许下三生三世的期许，百年千年的爱恋。

界牌五彩瓷，你如一位唐宋美人，亦如一位现代佳丽。总有痴情君子，在为你千年修行。琴心素手，几盘墨彩，几管画笔，在千百遍地把你描摹，把你惦记。

水架桥上，他手捧素胚瓶身，手执紫管狼毫，心越唐宋明清，再邂逅前世今生的你。总想把梦里的你，云里的你，庭院深深的你，三月古巷里的你，渲染成他的相思结，胭脂红，发髻云，团蒲扇，惺惺惜。

在他的笔端，你弱手扶柳，纤指拈襟，也有油纸伞，也有燕双飞。他呀，坐在石拱桥上，手里的紫毫，早已缠上一缕痴迷，蘸满关于风花，关于

雪月，关于烟云的墨香，在浅浅描，深深刻，似乎在等待你的归期。哪怕等你衡山飘雪，等你颜容老去，那五彩的墨晕，却依然是那么的艳丽。

你是他瓶身上的仕女，两行唐诗，半阕宋词。墨香描摹你的唐风宋韵，情感追忆你的岁月往昔。是你，让他的心，荡起了前世今生眷顾的涟漪。是你，前世的一个回眸，今生的一声叹息，凝成了他笔端下的一滴朱砂红，点成你眼角的一滴相思泪。桃花碎成心伤，牡丹一如你初妆，箫声忧伤千年，柔肠百结千转，你用一抹浅笑，约定死生契阔，感君一念间，伴君朝朝与暮暮。

你立于檀木架上，抑或红木琴台，虽不能执子之手，但可以与君偕老，任时光轮回，重演前世今生的那份依恋。弄笔偎人久，描花试手初，走来窗下笑相扶，画眉深浅入时无。

将军石上，画笔勾勒风光四季，墨彩泼弄衡山云雨。思绪放羁，笔如剑舞，一匹瘦马，几株老柳，一抹残阳。西风萧萧，战马嘶嘶，演绎一个历史时代的悲欢合离。跳动的笔尖，犹如那个躲避战乱，栖居此地的皇妃娘娘的指尖，在拨弄心中忧愤的琴弦。他呀，似在不经意间，拨弄出了一个千年的不期而遇。

桂花台上，秋风吹花，暗香冉冉，透过一扇扇古老的窗帘。是谁的相思道不尽绕指柔？是谁的古琴盼着佳人归？是他，手捧胭脂泪，笔描柳叶眉，试将琴曲绕笔尖，试将红袖着诗笺。他在一笔一画一描摹，你在一频一顾一回眸。泼墨渲染印象，笔墨游走心间。于是，传世的美丽，便搁浅在素胚的五彩里，窑变成为千古的记忆。总有几叶青茗，在盈盈玉杯里点缀你的时光，装扮你的模样。当青茗晕开，你也芬芳成花，温润如玉，任君轻吻，陪君慢酌。把你捧在掌心，可以感受到你的温度，有人便温暖在有你的岁月里。有你知君茶可温，有你伴君立黄昏，这便是人生最高的惬意。

他痴守一抹柔情，你伴君浅酌一生。哪怕玉瓷薄凉，也要给君几许暗香，几份余温。君为你描一墨一纸一蛾眉，你还君一音一馨一思念。有你相伴，他不寂寞。哪怕千鸟飞绝，万山荒遍。总有一种声音，可以萦绕在耳边；总有一种想念，可以晕开在心的墨砚；总有一种心事，可以缓缓流淌在笔端。于是，你在心田，为君种下温暖千亩。君在素胚，描你仪态万般。你为他微笑，君为你向暖，一生无悔意。

也许，你是万寿佛前一朵清莲，只为还他前世一个夙愿。他却为你在这个小镇苦苦修行，只为今生与你遇见。落寞的晨昏，乱了谁的发梢，断了谁的琴弦？水架桥边，他为你等上千年。而你，是否许了他的流年。也许，他是菩提树上一粒珠子，只为等你挂在胸前，日日夜夜，细数轻捻。你已花开岁月，只为还他几许情缘。思念研成墨点，心事在窑烟里隐藏百年。君心如天，你心如玉。人世间的繁华，又怎及你眉间那点朱砂？红尘中的颜色，又怎比你窑炉上的那一缕云烟？

流年在他的素笺和宣纸上，开出了五彩的花。岁月在你思念的心中和美丽的眉头，刻下了相思的痕。素胚薄凉，描摹底色浓淡；锦瑟年华，许君暖颜一生。

君在等釉色，你在等烟雨。你等小镇天青时，君在挥毫描帛书。哪怕繁华过后是暗淡，你依然等在那个小镇。你不来，君不老。君用五彩墨晕，描你倾世华丽。你用三生烟火，换君一世迷离。

回眸浅问：岁月美人，你我能否如初见？

（记于 2018 年 9 月 6 日）

本文收录于湖南省非物质文化遗产名录集、发布于 2018 年 9 月 12 日一点资讯。

印象清花湾

这是一曲古风乡愁；这是一幅水墨清花；这是一卷印象田园；这里，更是一个乡村振兴的梦想。

——题记

悠悠蒸水，流淌着时光的记忆；古老的石桥，承载着这里历史的印迹。

当岁月的变迁，泼洒成一幅美轮美奂的水墨田园，当新时代的阳光惠风，唤起那一缕令人思念的炊烟，化作一缕缕遗忘的乡愁，这里的人们在追求一个诗意般的栖居，在憧憬向往一个印象田园的梦想。

蒸水河，宛如一位窈窕淑女，在衡阳县西渡镇新桥这个地方，转了一个弯，与一条叫清花的姐妹河在此交汇。古老的蒸水河道，犹如一把"弯弓"，将新桥这片土地紧紧拥抱。清花河则从衡南工联村的方向，自西向东，似一支"利箭"，一路涛声，射入蒸水。于是，这里的地形，就像一把"山水弓箭"，所以，这里便叫"清花湾"。

清花湾，历史悠久，山水多情，文化厚重，是人们寻古怀旧，滋生乡愁的地方。

这里，有古老的石桥，有古街的身影，有紫藤的美丽，有依山而建，依水而居的村落人家。它们曾经目睹了蒸水河上人来舟往的昔日繁华，它们曾经倾听了清花湾里发生的经年往事。

古老的拱桥，是这里历史的厚重。蒸水河上，有一座七孔石拱桥，叫新桥，已有100多年的历史，显得那么沧桑而古拙。清花河上，也有一座残缺的石桥，其历史更为悠久，叫清花桥。两座石桥的桥身，早已长满了藤蔓和苔藓。在这里，小桥，流水，人家，构成了这里的写意。

新桥的古街，见证了这里的前世今生。平仄并不规则的石板街上，留下时光踩踏的痕迹。这里，不知曾经走过多少行人，多少过客，留下多少深浅，多少沉甸。

两旁的街铺，或木门木窗，或青砖白墙，书写有些零乱的商铺名牌，被阳光雨水驳落得有些依稀，甚至模糊，但繁忙的交易，老板娘的倩影，铭刻在这里历史的天空。

这里，曾经是旧时衡阳县与衡州城的要道和门户，是人们进城或出城的驿站；这里，是贯通衡州与宝庆的古道，是连接零陵与广西的驿道。伙铺、当铺、酒铺、中药铺、南杂铺尤为兴盛。

如今，当人们踏着古街的石板，环顾两旁的建筑，仿佛可以听到看到闻到，伙铺的嘈杂吆喝，酒娘的娇笑巧盼，药材的苦腥芳香，渔火的明灭闪烁……

这里的紫藤，美丽忧伤，有传说也有神往。在这里，紫藤随处可见，生于山岭，长于河畔，缠于树干，爬于土墙。每逢春夏，紫藤花开，紫雨纷坠，让多少痴情男女流连忘返。

因为紫藤，为爱而亡，为爱而生，这里，便是无数信男善女情感忠贞的圣地。

传说，很久很久以前，这里有一位清花般的姑娘，在新桥之上遇见了一位赶考的少年，两人一见钟情，终因父母反对，双双从山上跳下，少年便化作一株槐树，姑娘便长成一株紫藤，从而相依相缠，年年岁岁，不离不弃。于是，这里便有了，你等在石桥，她等在心岸的美丽遇见；便有了，前生痴，今生缠，永远恋的爱情绝唱。

沧桑的古桥，遗韵的古街，紫艳的古藤……这里的一山一水，一景一物，无不勾起人们那悠悠的记忆，那缕缕的乡愁，入诗，入画，入梦……

这里，有山有水，有陌上花开，有田园牧歌，有蒸水舟楫，便有水墨写意。

"覆盖一片青瓦，共饮一杯清茶，同研一碗青砂，爱像水墨青花，何惧刹那芳华"。徐志摩的"水墨青花"，泼进了这里一位农家少年的心间，染青了这位乡野才俊的梦想。

他叫冯兰芳，著名画家。他是一位从清花湾走出去的农家子弟，长于荷塘，起于蒸水，自幼习艺，喜故乡风物，好田园野趣，善泼墨青花，以乡情乡愁入画，泼一池水墨印象。

这里，人杰地灵，英才辈出。从清花湾里戏水摸鱼，到沙场驰骋屡建奇功的开国将军王永浚，从孤灯苦读，到求学万里的中科院研究员、研究生导师谭家健……这些名人贤士，都是在这片神圣的热土上孕育成长。

这里，春有江南烟雨、油菜花田，夏有金稻遍野、荷田千顷，秋有蒹葭苍苍、伊人在水，冬有瘦竹临风、蜡梅疏影。这里，犹如一块小家碧玉，亦如一位蒹葭佳人，于水墨中，把情话轻吟，于朦胧中，把轻纱慢挽。

"窈窕淑女，君子好逑。"于是，便有人为她钟情，为她梳妆，为她倾城……

摇舟过石桥，听闻谁人在浅笑。一片清花水墨韵，印象田园品青茗。

随着"乡村振兴"的春风拂面而来，这里的古风乡愁，这里的水墨青花，被赋予现代印象田园的元素。

好山好水好田园，好风好景好时代。这里的人们在期待，一个"望得见山，看得见水，留得住乡愁"的清花湾将指日可待；这里的人们在追梦，一个"古风乡愁，水墨江南，印象田园"的清花湾将呈现眼前。

清花湾，犹如一把古琴，在弹奏古风乡愁；就像一卷诗画，在写意水墨青花；更是一幅当代长轴，在徐徐展现印象田园的波澜壮阔……

这里，就是衡阳清花湾。这里，就是印象清花湾。

本文获 2019 年衡阳县委统战部"同心圆梦"征文一等奖，并作为清花湾形象宣传片解说词刊发于 2019 年 5 月 30 日腾讯网。

渣江桃花堰，人面桃花灼灼艳

> 绿了蒹葭，红了桃花。有位伊人，在水一方。既以背影赢天下，何须转身乱芳华。
>
> —— 题记

在蒸水河的中游，有一座依水而居的千年古镇，叫渣江。因为渣江的"二月八"，因为渣江米粉，因为渣江出了个彭玉麟，而声名远播。

在渣江的西边，有一条小河，叫小对河，亦叫小流河，发源于金溪的柿竹，如今叫柿水。小河擦镇而过，汇入蒸水，把这里的流年故事向远方悠悠诉说。

这条小河，上游叫金溪，因建了柿竹水库，下游才叫柿水。因与渣江老街对河相望，才叫小对河。其实，在很久很久以前，她叫桃花溪。溪上，有一座古堰头，至今仍叫桃花堰。传说，曾经溪的两旁，漫山遍野全是桃林。溪的岸边，全是杨柳。溪的山岸上，曾有一个古村，叫桃花村。每当春风暖，每年春水生，这里的桃花灼灼盛开，片片桃花落满溪水，因此，便叫桃花溪。

不知是谁，把一株株桃树，种在春天，种在这里。桃红柳绿，清溪锦鲤，十里桃花，灼灼其艳。又是谁，把爱情交给了桃花，千百年来，桃之天天，灼灼其华，娇娇其丽。

君种桃花覆了天下，你垂柳眉倾了城池。从此，这里的一溪流水，经年流转；一片花语，心中默念；三千情思，凝香眉间。

桃花堰的上游，约五里，有傲樵山馆，有兰芝堂，有低矮的大小山头十二座。山不在高，有仙则名。水不在深，有龙则灵。这里，桃花溪的水不深，十二山不高。但是，这里因为有上古时期的高士许由，亦称傲樵，晚年在此筑馆隐居，有兰芝堂陈氏家族人才辈出，因此，这里便被誉为"天上人间十二峰"。

相传，上古尧时期，有一高士（又称隐士）叫许由，尧让天下而不受，便循耕于箕山之下，后尧又召他为九州长，由不欲闻之，认为污了他的耳朵，便洗耳于颍水之滨。许由便成了隐士中的首圣。

归隐于田园，寄情于山水，也许，这才是天下名士看破红尘，远离纷扰，寻得安然的最好归宿。

你归隐于此，也许不再需要洗耳，不再需要循耕，你可以静坐溪岸，抚一张古瑶琴，唱一首桃花曲，看桃花飞舞，听溪水浅吟。你可以煮一壶桃花茶，嗅缕缕桃花香，品甘甜的桃花酿，与清风明月对饮，与浩浩桃花共舞。

也许你呀，偶闻得那桃花溪上渔翁一席话，多一份念想又怎的，功成名就又如何，到头来，仍然是豆腐换成金羽衣，始终站在别人的雨季，淋湿的是自己。这，也许就是几千年之后，那个叫彭玉麟的书生"吾乃农乡士，本应农乡归"的千年预言与注释，也许就是陶渊明《桃花源记》的千年引序或题记。

旧时，渣江与兰芝堂之间，有一条石板路，途中经过桃花堰。这条石板小路，是兰芝堂的主人，即琼瑶祖父的祖父陈维之创立"兰芝共和家庭"出资修建。

曾有多少行人，踏着石板路，沐着桃花雨，两痕泪，一声叹。因为，晚风拂柳，唤起了他们浓烈的乡愁；桃树摇红，触动了他们思念的情弦。又有多少送别的人儿，在桃花堰上，十指相扣，相约归零。离别之后，总在等待

来年的桃花开，等待来年的春水生。桃花雨中，总有人在等，一年又一年，一春又一春，等到桃花灼灼艳，等到桃红随水逝。

烟雨三月，绿了蒹葭，红了桃园。那天上的云烟在幽幽地生，那身边的桃花在片片的飘，那溪里的水呀，在悠悠地流，不知是否会有一位伊人，摘一朵桃花，在水一方，抑或站在你的桃花堰上，在心里深情地唱一曲"桃花渡"。

有人醉了，醉在渣江古镇，醉在桃花溪的出口。也有人醒了，醒在兰芝堂的古宅，醒在傲樵山馆的遗址。虽然没有兰舟可上，也不见篷船灯笼，只有断断续续的石板小路，可以让你醉步飘逸，可以让你酒醒雨里。烟雨打湿了石板路，春风轻摇垂杨柳。不知几春秋，多少思绪多少雨，多少思念桃花绣。

而你呀，从《诗经》里走来，宛若桃花溪畔的一朵香兰，亦如桃花林里一羽凤凰。你一切心中的美好，都是故乡烟火里诗意的记忆和温暖。哪怕隔海万里，也是一衣带水。因为，这里始终是你心中的"在水一方"，始终是你

"窗外"的春天。"浪迹天涯,怀我故乡。眉间心上,皆我故乡",即便千里万里,哪怕流年易逝,只有儿时的记忆,故乡的桃园,还有那条故乡的小溪和那座桃花溪上的桃花堰,仍然是你落笔缠绻的不舍与柔情万千。

一念花开,一念花落。你将桃花溪的水,融入了你的脉管,你将桃花林的粉红,装进了你的梦幻。你用桃花研墨,以柳枝为笔,将红尘相思,将情感杂念,落笔成暖,落字成色,凝句成诗。你用似水柔情,你用夭艳桃花,装点了多少红尘男女的情感人生。

桃花溪畔桃花飞,桃花堰上离歌催。薄裳谁披,思念谁寄。莺浅唱,柳轻垂,燕低呓。才红彼岸,又暖心门。你呀可知,故乡深处,如今桃红已纷飞。

桃花堰上,或停留,或擦肩,花开花落皆随意;或回眸,或低眉,一颦一眸皆成忆。桃花溪畔,或洗耳,或归隐,花开花落皆无意;或濯足,或照影,是舍是弃,是起是放,皆是人生好时季。

傲樵也好,凤凰也罢,桃开无声,花落无语。既以背影赢天下,何须转身乱芳华。唯愿,在这年华的春天,在这人生的心岸,种下这千年桃花一片,惬意这春风十里,灼灼其艳……

(记于 2019 年 3 月 25 日)

本文刊发于 2019 年 3 月 27 日《衡阳宣传》、腾讯网,并被南山友图书馆收藏。

千年渣江，玉麟故里

　　渣江，这个衡阳县西乡小镇，虽然偏寓湘中腹地，也没有名山秀川，但这里历史悠久，文化底蕴深厚，风土人情自然纯朴。在渣江，既可让大家穿越千年时光，去感受古镇曾经的容颜与繁华，又能让大家去走近被誉为清代中兴重臣彭玉麟的傲骨柔情。

　　说起我们渣江，首先让人想起的就是渣江的千年春社，也就是我们渣江的每年农历二月"赶八"。

　　春社，是渣江一种千年民俗。著名社会学家成思危先生曾经说过，"民俗是乡村正在消逝的乡愁"。可渣江的春社，却是乡愁的延绵，从古延绵至今，已经融进了一代又一代渣江人的血液中。

　　春社，是中国最古老的民间习俗之一，始于商周时期，曾是青年男女幽会狂欢之节日，可能就是中国最古老的"情人节"。

　　春社，也叫"土地诞"，传说为人们纪念土地公公的生日而产生的一个节日。

　　渣江的春社起源于何时，已无从考证，把农历二月初八日定为春社日，却是代代相传。渣江"二月赶八"，非常热闹，周边乡镇的人们在这一天都会集聚渣江。买农具，逛庙会，唱"对台戏"，看"打铁水"，品尝渣江美食。因此，渣江"二月八"又被称为乡村"农博会"，渣江"土菜节"，渣江

"民俗文化"节。

在这里，我要给大家介绍一下，什么是唱"对台戏"，什么是"打铁水"。

渣江老街，沿小对河和蒸水河依水而建，分为十二柱。在老街中段，建有一座寿佛殿，传说春社日也是寿佛诞辰日。为给寿佛老爷暖寿，在老街中间，寿佛殿东西两头，各家街坊店铺分别搭起两个戏台，请来戏班子，登台唱戏，赛个胜负，争个高低，图个热闹。因为对台互唱，故名唱"对台戏"。一唱就是三日三夜。

传说明朝正德皇帝都在这里看过对台戏。那是明正德年间的一个春社日，皇帝朱厚照游历江南来到渣江。当他在寿佛殿前看对台戏时，看到一位扮演"叫化"的女戏子手指上戴着一枚金戒指，这时，朱皇帝立即站在寿佛殿前的台阶上高喊："哪有戴金戒指讨饭的?"这用我们现代电视电影的行话来说，就是"穿帮了"。朱皇帝这一喊，观众立马响应。于是，这家戏班就输了。当天夜里，这位明代皇帝就在寿佛殿前过了一夜，并在戏台题了一副对联："演尽古今世间事，唱出人间悲欢曲"，还在石板上留下两行字，"台上戏子盖锦被，当朝皇帝睡草席。"可惜，没人留下这位明代皇帝的御笔真迹。

所谓"打铁水",又叫"打铁花",是当时人们娱乐观赏的一种传统手艺。农历二月初七日晚上,老街上的铁匠铺,把烧得通红的铁器,由几个壮实的大汉,挥舞着铁锤,很有力度,很有节奏地打击,通红的铁屑四溅,犹如一朵朵一束束耀眼的"火树银花"。可惜的是,这种传统技艺已经失传。

说起渣江,不得不说一个人,那就是彭玉麟。彭玉麟祖籍渣江和睦村,其故居与渣江老街相距不过两三百米,因他在老家建有一所祠堂,后因此而命名彭祠堂。其原址系今渣江中学所在地。现在我们看到的彭玉麟故居,是前些年,当地重新修建的。

彭玉麟生于 1816 年 12 月 14 日,卒于 1890 年 3 月 6 日,字雪琴,号退省庵主人,在安徽安庆出生,是清代著名的政治家、军事家、书画家,人称雪帅。与曾国藩、左宗棠并称大清三杰,与曾国藩、左宗棠、胡林翼并称中兴四大名臣。是湘军水师创始人,中国近代海军奠基人,官至两江总督兼南洋通商大臣,兵部尚书,封一等轻车都尉。清光绪十六年病逝于衡州湘江东岸退省庵,被慈禧太后赐太子太保谥号。

道光十二年,时年 16 岁的彭玉麟随父彭鸣九从安庆回归故乡,在渣江旧居晴耕雨读,后在衡州读书以授学为业,37 岁接受曾国藩邀请加入湘军,从此成为湘军名将。

彭玉麟一生既有金戈铁马、驰骋沙场的威猛雄姿,又有一生钟情梅花的柔情万种,更有忧国忧民、淡泊名利的铮铮风骨。

他在战场屡建奇功,无数次受到朝廷封赏。他为人正直,刚正不阿,以"不要钱,不要官,不要命"出名。

他一生以梅为伴,一生画梅上万幅。对他一生爱梅恋梅痴梅有两种不同的说法。

一种说法是,因为他喜欢一个叫"梅姑"的女人的缘故。

他的外祖母有一个养女,名叫竹宾,小名梅姑。按辈分,彭玉麟叫梅姑为小姨。他与梅姑可谓青梅竹马,两小无猜,相互倾慕。但他们的爱情却遭到家庭的坚决反对,在外祖母的安排下,梅姑嫁了人。彭玉麟从此踏上军旅生涯。几年后，梅姑病逝，彭玉麟闻讯后，悲痛欲绝，从此，每日画梅，天天坚持，日复一日，年复一年，从未间断。他把一生的情感爱恋凝结在那点点梅花之上，泼洒在那淡淡的墨香之中。

同时，还有一种说法，彭玉麟爱梅，源自他那梅花般的高洁品质。梅花就是他自身人生的写照。因为他为官一生，清正廉洁，他的"三不"精神，他的"吾本农乡士，本应农乡归"的高风亮节，不正是他梅花般品质的体现吗？

人们称他为"文武双全、侠骨柔情"的奇男子。我认为，以上两种说法都是他的本真所系。因恋梅姑而钟爱梅花，是他情感的体现；以梅喻志而爱梅，是他人格品质的写照。二者兼具，则更能让我们走进他的内心深处，去感受一位天下奇男子的人生世界。

当我们了解渣江的一节（春社）一人（彭玉麟）之后，就让我带领大家去看看一街一河一堰。

一街，就是渣江老街。它临水而居，青石板街道虽然已经难觅旧时的模样，但依稀可以想象曾经的意境。一条街道从东到西，长500多米，两旁的建筑有明清的遗风，有旧时的古朴。但如今看起来，却有现代的寂寞。但你可以想象这里古时的繁华景象，可以想象有撑着油纸伞的姑娘。

快到老街西边尽头，有一条小河，汇入蒸水。这条小河，名叫"小对河"，也叫"小流河"，因发源于金溪境内的柿竹水库，书名叫"柿水"。别看这条不起眼的小河，她却是一条缓缓流淌的文脉。与渣江老街对河相望

的就是玉麟故居。小对河的上游 3 公里处就是一代言情作家琼瑶的旧居——芝兰堂。

在琼瑶旧居与玉麟故居之间的小对河上，有一座古堰头，名叫"桃花堰"。传说，桃花堰上有一个古老的桃花村，小河两岸全是桃林。每逢春天桃花盛开，小河的水面飘满了桃花。 如果你在桃花盛开时站在桃花堰上，也许你能感受到《诗经》的意境。而你，就像从千百年前的《诗经》里走来，宛若桃花，灼灼其华，夭夭其艳。那景色，那意境，你一定会感觉，自己已被桃花美丽成仙……

大家来到渣江，来到玉麟故里，如果不呷一碗渣江米粉，尝一尝渣江的土菜，那一定会让你终生遗憾。

渣江的米粉，原料是选取本地的绿色优质大米，手艺是采用传统的发酵和木榨工艺，味道是微微酸，微微绵。人们都说，渣江的米粉，犹如渣江的女子，端庄贤淑，不枝不蔓，很自然，很纯朴，没有经过刻意的梳妆和过多的打扮，她是以纯朴的面容，古典的姿态，出现在渣江的大街小巷。渣江的粉娘有多温柔，渣江的米粉就有多醇绵。

渣江的"假羊肉""土头碗""霉豆渣"，那才是正宗地道的渣江味。在品尝这些渣江土菜时，也能让大家品味她们的故事。

这些土菜，都是就地取材，通过渣江厨娘的巧手，成就了渣江味道，融入了历史文化，延绵了浓浓乡愁……

这就是渣江菜，这就是渣江味，这就是渣江女人让男人一生牵挂终生不弃的秘密。

悠悠蒸水河，在日日夜夜诉说着渣江这座千年古镇的曾经往事，也在年年岁岁见证着渣江这座年轻城镇的蝶变发展。人们一定会被这里的人文故事所感动，一定会被这里的风情世物所迷恋，一定会被这里的味道所记忆。

唯愿大家记住渣江，记住彭玉麟。

本文系为"船山故里，传奇衡阳"2019 年衡阳县文旅品牌讲解大赛所撰写的讲解词，辑书时有删节，并于 2021 年 3 月 22 日被南山友图书馆收藏，发布于 2020 年网易、腾讯。

2020 年春节，也有风雨也有晴

春节，中国传统团圆的日子。亲情，在此时浓缩；友情，在此时延绵；温情，在此时释放。

或走亲，或访友，或聚会，或踏青，无论大街小巷，还是乡野阡陌，不是车水马龙，就是人来人往。平时的不经意，此时却特别注意。认识或不认识的，相遇，相见，总要互道一声祝福，互致一声问好。即使有平时的冷漠，在此时也按捺不住春天般的热情。不管你富有还是贫穷，不管你是年长还是年少，此时，大家都会一脸的笑容，灿若春光，艳若桃花。

也许，这是中国几千年传统文化和民俗的沉淀。家家宅门敞开，户户笑脸相待。特别是在乡下，哪家传来一阵热烈的鞭炮声，便知道哪家来了拜年的客人。于是，挂红，温酒，上团盘，沏好茶，敬好烟，一切美好，都在春节呈现。

家乡的土头碗，橘皮肉，还有自家熏制的腊味，长辈们的这些精心准备，是为了期待亲朋好友的品尝，是为了满足一家老少的味蕾，是祈求来年的丰衣足食和幸福美好。

然而，2020 年的春节，却被一场突如其来的病毒疫情，笼罩在灰暗的冬天，让人感到那么的惶恐和胆怯。于是，这个春节，有多少人经历了悲欢离合，又有多少人经历了聚散难舍，还有多少人割舍了柔情缠绵。

武汉的封城，一批又一批人被隔离，使得这个春节，让人坐立不安，让人诚恐诚惶。口罩，成了这个春节的热词和紧俏品，成了这个春节的"新宠"和奢求。"不串门，不聚餐，不拜年"，代替了新年的祝福。于是，城市的大街小巷，鲜见行人。乡下的年味，也很寡淡。热闹的却是村头的广播，在一遍又一遍地播放着防疫的宣传。人们在不断地盯着手机，盯着电视。目光和心情，都在牵挂一座城市。

坐在家中，久了，很烦，很烦。有人想出一个方法，唱唱歌，吼几句。立即有人提醒，唱不得，吼不得，唱了吼了，病毒传播更快。原想过年撒撒欢，谁知过年难发泄。

于是，便有人开始发牢骚，春节的祝福化成了怨气。是谁害了 2020 年的春节，是谁给 2020 年春节下了蛊，种了毒。有人说是专家，有人说是蝙蝠，有人说是官员，也有人说是某个国家。

央视的春晚不再是关注的热点，全国疫情不断刷新的数字成了中国人这个春节的痛点。

也许，2020 年这个春节，最无奈最伤心的还是武汉，还是武汉人。留在城里的，也许他们在倾诉"我们的城市生病了"。离开武汉的，有人说他们是逃离，甚至有的无人接纳。他们承受的不单是病毒，还有孤独，还有无助，以及无辜。这个春节，成了他们生命中一个"磨劫"。

2020 年春节，更有感动和泪点。一夜之间，有多少白衣天使在"逆行"。有 80 多岁的钟南山工作在武汉医院第一线，有金银潭医院院长张定宇身患绝症用自己有限的生命在与病毒赛跑和搏斗，有 25 岁的"南丁格尔"推迟婚礼请缨参战，有剪下一头如云秀发的女神穿上了防护服，有 2003 年参加抗击非典的医生护士再次出征，有毅然终止哺乳的衡阳妹子，义无反顾踏上了去黄冈的征途……

这些感动，成为 2020 年这个春节的烙印和亮点。这个泪点，让 2020 年这个春节更加生动而摇曳。

2020 年春节，更有温暖和大爱。多少防护人员，日夜奋战在抗击病毒第一线，累了和衣小眠，饿了来上一桶方便面。妈妈的味道，在等花开春暖；孩儿的啼哭，在微信视频中梦系情牵。多少乡村基层干部，原本以为，辛苦一年，可以回家跟家人过个团圆，原本以为，除夕和大年初一那一场早生的春雨，可以让他们洗去一年的疲惫和倦意，可以不再担心森林防火，可以不去上山巡逻。

然而，一场没有硝烟的战争，让他们，来不及接过父母夹给他们碗中的那一箸菜；让他们，来不及问一声孩子期末考试的成绩好与坏，便匆匆告别家人，戴上口罩，进村进户，逐户摸排，却没有半句怨言，也没有半点迟艾……

就是这样一个群体，让 2020 年这个春节更加温暖；就是这样一份责任，让 2020 年这个春节有了祥和；就是这样一种使命，让 2020 年的春天充满生机。看到他们，就看到了春天。遇见他们，就遇见了温暖。

春节，即农历新年，是一年之岁首、传统意义上的岁节（年节）。俗称新春、新年、新岁、岁旦、新禧、年禧、大年等。

期待春暖花开，许你繁华一片；期待岁月静好，来年春节相见！

（记于 2020 年 2 月 1 日）

本文刊布于 2020 年 2 月 3 日网易、搜狐等网络平台。

芬芳，在岁月里含着微笑

2020年春节，很特别，很伤感，很冷清，也很惶恐。没有往年传统佳节的浓浓年味，有的只是驰援武汉抗击疫情的揪心与紧张，有的只是空气中弥漫着浓烈的消毒药水的气味，有的只是抢口罩、抢防护用品的恐慌。

因为，一座城市生病了，那就是武汉。武汉，与湖南一衣带水，同江，同源，同湖，同属荆楚大地。衡阳虽与武汉千里之遥，虽不能感同身受2020年武汉人的春节到底是怎么过的，但在网络信息已经十分发达的时代，各种信息瞬间传递，加上年前500万武汉人的大迁移，于是，让衡阳、让全国都感到猝不及防。

电视上，网络上，只要有人说，什么对新型冠状病毒可以防，可以抗，可以治，什么就成了这个春节的抢手货。双黄连、板蓝根、抗病毒液，人们不管三七二十一，一夜之间，便购空，便脱销。

于是，让我想起了过去，想起了曾经春节前的百草芳香，想起了父母长辈的守拙智慧，想起了家乡亲人的默默祈祷，同时，也想起曾经的虽然岁月艰难，但有父母守护的心安，有百草散发出的岁月芳香……

记得，那是20世纪七八十年代，物质资源十分匮乏，医疗资源更加稀缺。立冬之后，父母就要时不时从田间地头，渠沟溪边，扯回一些花草，趁着冬日的太阳，洗净晒干，然后用竹篮装好，等到过年前使用。

当时，年少的我们不知道父母扯晒这些草木有何作用。父母告诉我们，百草都是药，等到过年煎熬几锅水给你们喝，可以让你们，过年吃肉吃鱼不积食，来年春天不生病。"年前喝碗草药汤，来年身强体又壮"，这是家乡流传的两句民谚。也许，正是受这两句人们口口相传的民谚的影响，才让父母长辈将我们的健康，寄托在百草，情系在芳香。

父母还告诉我们，草药不能乱用，只有识得草木的药性，才能发挥草药治病防病和保健的作用。这些草木，有紫苏蔸、路边樟、金银花、野薄荷、鱼腥草、夏枯草，等等。这些花草，在乡下也是再寻常不过的了，随处可见，信手可采，随时可用。

腊月二十四日后，父母和乡亲们一边忙着准备年货，一边打扫房前屋后的卫生。杀年猪的开始杀猪，干塘捉鱼的开始捉鱼。家家户户拿出自家秋天收藏的豆子，做上两三套石磨豆腐，用桐油拌河沙，炒出自家制作的米面皮。年货虽然不多，也很粗很土，但实在是香得让我们垂涎欲滴。父母平时很节俭，也很小气，我们每餐多吃一块豆腐都不准。过年时，父母显得好阔

气，拿出一个小簸箕，装上刚出锅的"过年货"，让我们放开吃。现在想起来，那才是真正的过年味。难怪人们常说："大人盼莳田，小孩盼过年"。

晚上，父母开始用一只大铁锅，把早已准备好的一大篮子花草藤蔓倒入锅里，用柴火慢慢熬上一两个小时，待到汤色浓醇，芳香阵阵时，然后给家人舀上，一人一碗。于是，灶膛里旺燃的柴火，把乡下的夜晚映照得一片亮堂，浓烈的草药芳香，弥漫了农家小院。

扶正祛邪，祈祷平安，唯愿安康，父母那朴素的祈愿，通过熊熊的柴火和浓郁的花草味，温暖了我们的心，照亮了我们的梦，驱散了我们的邪，沁润了我们的脾。

如今，父母老了，乡村的生态环境也变了，大量的除草剂，还有那化肥和农药，让那些父辈母辈们用以给晚辈扶正祛邪的草木已很少很少了，甚至有的已经绝迹。

面对 2020 年春节人们哄抢专家推荐的"良药良方"，回忆父亲母亲曾经的拙朴期盼，不禁让我心生悲凉，想念父母那拙朴的智慧，悲伤如今一个时代的悲伤。

唯愿我们，多一分传统的自信，少一分浮躁的不安；多一分春天的心情，少一分冬日的灰暗；多一分百草的芳香，少一分刺鼻的惊慌。

未来可期，芳草连天。芬芳，在岁月里含着微笑；祈愿，在春天的渡口等待；幸福，在未来的日子里相守。

（记于 2020 年 2 月 1 日）

本文收录于 2020 年湖南省文化和旅游厅"艺抗疫情·云游湖南"主题作品征集文旅云平台，刊发于 2020 年 2 月 2 日网易、腾讯等网络平台。

长乐梯田，只种清欢不种愁

长乐梯田岁未央，荷锄耕耘年华流。劝君莫问桑麻事，只种清欢不种愁。

——题记

在衡阳县西南，有一个美丽而神奇的地方，叫长乐。长乐，地处南岳七十二峰之一的大云山脉。这里山峰翠绿，峰峦叠嶂，云雾萦绕。一条武水河沿着大云山脉蜿蜒东下，先入织女湖，再汇蒸水河。

提起长乐，人们首先想到的便是长乐的薯粉条，长乐的十里长冲，长乐的井头江，长乐的关帝庙，还有历史悠久的长乐九哨四十八寨，以及长乐老街"天地人和"四街坊。

由于地处大云山区，长乐没有大垅大町，只有山岗、山岭，只有两山相对的狭长带状谷地，当地人把谷地叫"冲"。河随谷流，路随谷行。倒是梯田层层，从山脚到山腰，由大到小，形状各异，或圆或尖，或长或短，傍山而筑，依山而耕，阡陌纵横，重重叠叠。

长乐的梯田，历史悠久。它是这里农耕文明的活化石，距今已有1300多年的历史。它是生活在这里的人们世世代代生长栖息的家园，凝聚了这里先辈们的智慧和汗水，养育了一代又一代长乐人。

长乐的梯田，始筑于五代十国的后周时期。后周遗臣刘春甫，曾任后周皇帝周太祖郭威的兵部侍郎。刘侍郎为人正直，为官刚正，胸怀黎民，曾横刀立马，为后周立下赫赫战功。只因奸臣当道，朝廷腐朽，独臂难支，他便不愿受封，遂带领部下将士，从中原千里迢迢来到南方，选择安顿生息之地。当到达大云山下时，见这里山高林密，山清水秀，一个猫口，易守难攻。当时，大旱成灾，而这里却不旱，清泉汩汩，武水涓涓。刘侍郎便命令将士，在这里一个叫一排洞的地方，也就是后来的长乐院，扎营安寨，屯兵耕作。

因为，这里人烟稀少，刘部在此设哨筑寨，外抗朝廷官兵和地方土匪山贼，内耕坡地，开荒造田，安抚百姓。这里，是乱世乐土，是世外桃源，是人间仙境。从此，这里便叫"长乐"。这里，便开始有了梯田。

长乐的梯田，美轮美奂。"半亩方塘一鉴开，天光云影共徘徊"。大云山的云雾，犹如给长乐梯田披上一层薄薄的素纱，四季变换。春如水墨丹青，夏如织绣云锦，秋如浓彩油画，冬如素洁裘袍。长乐的梯田，亦如一位养在深闺的小家碧玉，亦如一位容颜不老的岁月美人。她春着花裳，水满田畴，夏披绿纱，稻稼层叠，秋穿黄衣，金穗漫坡，冬盖银装，原驰蜡象。

清晨或傍晚，不时有一群黄牛悠然地从梯田走来，走进晨曦，走进暮色，走进长乐人的梦乡。长乐人放牛，无须专人看管。从山里砍来楠竹，制

成竹板，然后把几块竹板用麻绳串起，系在牛的脖子上，于是，清脆的竹板声，敲响在长乐的梯田上，敲响在寂静的大云山中。

不时，有几声牛犊在叫唤。那是牛犊没有找到母亲，在发出寻母的呼声。不远处，立即就会有母牛在回应，那是母亲在呼唤自己的孩子。听到母牛的呼唤，牛犊便会循声而去。这就是大云山深处原始的母爱，这就是长乐梯田上的人间天伦之情。因此，长乐人从不担心牛会丢失。因为，这里的牛，如同它们的主人一样，在自由地享受着这里的惬意生活，享受着这里四季的风光，享受着这里清浅的流年。

长乐的梯田，犹如云梯。从山脚往上看，条条田埂，如同步步梯阶。山下，溪流涓涓，山上，雾岚飘逸。年复一年，山花烂漫，日复一日，山岚变幻。

这里，山多田少。长乐的父母们便把自己的一生，牵挂在梯田，寄托在梯田。他们日出而作，日落而归，一把锄头，一顶斗笠，一披蓑衣，把一年的希望种在梯田，辛勤耕耘。千百年来，他们用生命在接力，用汗水在浇灌，用信念和感恩在膜拜。岁月无恙，日子平淡，生活清恬，没有大悲大喜，没有大富大贵。孩子的成长，儿女的未来，就是长乐父母辈，在长乐梯田上劳作的力量。

长乐梯田，因大小不一，丘块面积不大，耕耘梯田，全靠人力。但长乐人从不叫苦，每一块梯田都是他们的绣品，每一条田埂，都是他们的骨骼。长乐人耕耘梯田，就像绣女绣花，总是那么精工精细。

长乐梯田，最适应种红薯。于是，长乐薯粉条，长乐荷折条，便成了长乐的地理标志。也就是这些粉条、荷折，养育了一代又一代长乐的晚辈。让他们春不寒，冬不冷，肚不饿，还能供儿女读书上学。吃红薯长大的长乐孩子都很争气。山沟里往往可以飞出金凤凰。一批又一批大云山里的长乐孩子考上大学，走出了深山。长乐的梯田，便成了长乐孩子们走出大山，攀登人生高峰的一架架云梯。

长乐的梯田，也是长乐人心灵栖居的家园。世世代代的长乐人，在这大云山中，在这层层梯田，晴耕雨织，或晴耕雨读，静静地享受着这里清新的空气，花草的芬芳，泉水的甘甜，绿茶的沁润。适合种什么，不适合种什么，长乐人对梯田脾性的了解，就像了解自己的男人或女人。他们便随着梯田的脾性，宜稻则稻，宜稼则稼，宜豆则豆，宜茶则茶。

种茶，曾是长乐人的一种生活。他们的居所也和梯田一样，顺山而建，依山而筑。于是，便在房前屋后，开种上一片小茶园，家家都有，户户都种，不为外卖，只为自用。每年清明谷雨时节，家家户户的小茶园都是绿嫩翠滴。男人们便带上农具，听着布谷的叫声，迎着微寒的春雨，去梯田修补田埂，除草备耕，去山坡地头，种瓜点豆。女人们便围上围兜，挎着竹篮，系上头巾，去茶园采完茶后，便回到灶屋生火煮饭，一边。有袅袅炊烟，在淡淡的云雾中飘起，给长乐新的一天带来了人间烟火味。不时，有几声鸡鸣，或一两声狗吠，给长乐的梯田人家增添了几分生动和野趣。

女人采茶回家，男人荷锄归来，便是一日三餐。没有什么烦恼，也没有什么奢望，日子平平淡淡，生活寻寻常常。

长乐的女人，如同大云山上的风，很轻；如同梯田上的云，很柔。长乐的女人还很体贴男人。男人去梯田耕耘劳作，女人常常相随，送茶送水，打打下手。男人回家之前，女人就会为男人煮上一壶山泉水，沏上一壶自家茶园采制的明前或谷雨茶，在等男人回家。

男人喝着女人递上的热茶，想着一年的农事，想着一年的收成，想着一年的生活，心里有几分惬意，也有几分幸福，更有几分温暖。

男人呵护着梯田，女人温存着男人。这是长乐梯田的经世流年，这就是长乐人的平常生活。

许许多多的长乐人，一代又一代的长乐人，就这样，用一生的时光，守候着这里的梯田，守候着大云山里的一份恬静，守候着心灵栖息的家园，守候着心中那一份山泉般的清欢。

（记于 2020 年 4 月 1 日）

本文刊发于 2021 年 7 月《散文选刊》并获年度十佳散文奖、2021 年 8 月 14 日《衡阳晚报》旅游专刊，被"秀美湖南云平台"、琼海湘商会公众号及新媒视点发布。

渣江风俗：知否，记否

　　三子"压床"、女婿"报生"、婴儿"洗三"、小儿"摸周"，这些渣江孩子初成长的风俗，你可知否，记否？

——题记

　　一方水土养一方人，一个地方有一个地方的风土人情和民间习俗。它反映一个地方的人文历史，寄托一方人们对生活和未来的美好祈盼。风俗或民俗，往往蕴含人生哲理，凝聚民间智慧，憧憬美好愿望。

　　在衡阳渣江乡下，那些关于"人之初"，关于渣江孩子初成长的民间习俗正在日渐消失。这些风俗，正在成为渣江人一丝一缕的淡淡乡愁。

　　从结婚生子，到抚养成人，是人类社会最原始最朴素的祈愿，于是，便形成了一系列的"人之初"风俗。

　　用红枣、花生、桂圆压婚床，可谓是"人之初"风俗中的首俗。

　　谁家有女初长成，父母长辈就为女孩的婚姻准备着嫁妆。女孩出嫁，俗称"移花"。"移花"那天清晨，女孩家便会精心用红绳把婚被捆好，上面再贴一个大红的"囍"字，出嫁的场面也就被渲染得格外喜庆热烈。这时，女孩的母亲特别注意、特别上心，把早已精心挑选的红枣、花生、桂圆，用红绸布或红纸包裹好，藏进婚被里，这就是"三子压床"，寓为"早生贵子"

"富贵子红"。放多少"三果"，也就有讲究的，或每样 6 颗、8 颗、10 颗，寓为六六大顺、八方生财、十全十美。

新婚之夜，男方的亲朋好友是要闹洞房的，也想争着沾点喜气。唱歌，喊"赞"，嬉戏，上茶，喝酒，撒喜糖，极尽热闹。越是闹得热闹，主家就越高兴。争抢暖（压）婚床的"三果"，是闹洞房中的一个最热烈的场面。新娘从婚被下掏出红枣、花生、桂圆，分撒给客人。客人们争抢着的那份热闹与喜庆，让整个屋场和夜晚都会被感染得灯火通明。更有高手在民间，一句句、一首首祝福的"婚赞"，让主家笑得合不拢嘴，乐开了花。

抢压床"三果"和闹洞房，是不能超过晚上十二点的。因为，结婚的日子是经过精心挑算的，所以，十二点之前，闹洞房的客人便会主动散去。乡村的夜，便在沉醉的夜风里，开始孕育着未来的美好，憧憬着明天的希望，装点着美丽的梦想。

洞房花烛之后，便是十月怀胎，春华秋实。一个新的生命诞生了。这是人生中最大的喜事，也是一个家庭最看重的事情。

在"人之初"的风俗中，便有了"报生"，亦称"报三"的民俗。意思是女婿到丈人家报喜，老人家添了外孙或外孙女，让丈人家做好"打三朝"

的准备。

"报三"，也是有讲究的。孩子的父亲到孩子的外婆外公家去报告这个喜讯，必须要备上一份礼物。礼物的厚薄，视家庭经济状况而定。一般是买上几斤肉，提上两瓶酒，带上一封鞭炮。这既是女婿感恩丈老子、丈母娘对女子的养育之恩，舐犊之情，也是给妻子的娘家人报个母子平安，家里添丁。

妻子的娘家人，不需要女婿开口，便知道是添了一个外孙，还是外孙女。因为"报三"，有个规矩，若是生了个女孩，女婿在到达丈人家的禾场上就会点燃鞭炮，意为"外头人"，因为女孩是要嫁出去的。若是生了个男孩，就要在丈人屋里放鞭炮，意为"家里人"。

不管是生个男孩还是女孩，孩子的外公外婆，舅舅阿姨都会欢天喜地。就连家里养的那条大黄狗，也会显得格外高兴，围着孩子的父亲前蹦后跳。

孩子的外婆外公，就要为外孙准备"三朝"礼。红蛋、摇篮、红肚兜，是外婆外公必送的礼物。外婆把收存了有些日期的鸡蛋煮熟，用红色的颜料染红，代表着长辈的愿望，愿外孙或外孙女，脸蛋红润，身体健康，茁壮成长，一生红火。

孩子的爷爷奶奶更是忙碌。"洗三"，是必不可少的一个仪式。爷爷奶奶，叔叔姑姑，要到房前屋后，田野山间，找来艾草、花椒、柏枝、鱼腥草、车前草、金银花等草木，熬上一锅汤药水。浓浓的草药味，淡淡的花草香，便弥漫了小院。

汤药煮好后，舀出一些，兑上当天清晨从井里或溪里打来的清水，为孩子沐浴，叫作"洗三"。汤药，可以让孩子清热解毒，扶正祛邪。锅里剩下的汤药，便用于煮鸡蛋，叫"艾水蛋"。

摆上几桌酒席，答谢前来道贺的亲朋好友、左右邻里。每桌献上一碟生姜片，名叫"吃姜酒"。"生姜"，谐音"生长"，意为健康成长之意，且"姜"与"姜子牙"的"姜"相同，意为子牙可镇封"诸神"。酒席上，外公外婆家会把红蛋，爷爷奶奶家会把"艾水蛋"分给客人，大家共同庆贺一个新生命的到来，共同祝愿这个新生命的未来美好，一生安康。

日子在一天天地过去，孩子在一天天地成长。从呱呱落地，到咿呀学语，从"打腾腾"，到迈出人生第一步，一转眼，便是一个春夏秋冬，便是一个周岁。

"摸周"，便是父母长辈心中一个期望。在孩子满周岁生日那天，长辈们找来纸笔、算盘（当今计算器）、鸡蛋、糖果等物品，放在床上或桌子上，让孩子去"摸"，最先拿什么，预示着孩子日后的兴趣，和长大后的成就。如最先拿纸笔，预示着孩子将来擅长读书学习；最先拿算盘，预示着孩子日后精打细算，善于经营；最先拿鸡蛋，预示着孩子长大后人生圆满；等等。这些，虽是长辈的朴素信仰和原始的精神寄托，但无不体现长辈对晚辈的期望和希冀。

岁月有四季，人生又何尝不是如此。"压床""报生""洗三""摸周"，是家乡"人之初"风俗"四步曲"。这种风俗，既是父老乡亲对人生的美好向往，也是他们拙朴智慧的传承，更是通过这样一种风俗仪式的形式，维系和寄托着一方水土、一方民众的精神力量。

可如今，家乡的村庄在消失，家乡的人们在流散，那些曾经熟习的风俗，正在一天天消失，一天天淡忘。

那一个个荒芜废弃的村落，那一个个寂寞孤独的屋场，再也不见曾经的热闹和喜气。唯有，一股股愁绪，一丝丝伤感，一份份悲凉，在空旷的村野和人们的心中，如野草般疯长……

（记于 2020 年 3 月 15 日）

本文发布于 2020 年 3 月 18 日网易、腾讯、搜狐等网络平台。

渣江风俗之二：送"害肚婆"礼

一篇《渣江风俗：知否，记否》，引起粉丝的围观，有微友留言：怎么不写送"害肚婆"礼？为此，特写个单篇补记，以飨读者。

——前言

渣江的风俗有很多，但随着时代的发展，社会的变革，一些风俗，将逐渐成为一代或几代渣江人的记忆。送"害肚婆"礼就是渣江人的渣江记忆。

曾经，送"害肚婆"礼，是渣江那边天一个十分看重的风俗。"害肚"，是渣江方言，又叫"巴肚"，就是"怀孕""有喜"之意。送"害肚婆"礼，就是女儿出嫁后怀孕了，娘家要给女儿去送份礼，以示娘家的关心，更是亲情的表达。

"害肚"，是一个女人，一个家庭，乃至一个家族的一件大事，是一对夫妻和一个家庭血脉延续、香火长明、人丁兴旺的起初，也是为人父母，为人公婆的盼望与夙愿。

渣江的女人很贤淑，很矜持，就像渣江这个千年古镇，脉管里流淌着几千年来生生不息的渣江基因。她们不张不扬，不疯不浪，温温婉婉，朴朴实实，善良而美丽。

先前，谁家女儿出嫁，娘家要派七大姑八大姨去送亲。男方要在堂屋摆上几桌酒席作为上宾席。送亲的人员中，男的叫"老爷"，女的称"奶奶"。酒席上菜也是有规矩的，要先上"老爷""奶奶"席，再上亲朋百客席，以示对女方娘屋人的尊重。

很多年以前，在渣江那边天，送亲往往会发生一些故事。故事往往与"害肚"有关系。

那时，没有酒店宾馆，男方做结婚喜酒都是在男方家里办。酒席虽然不丰盛，都是些渣江土菜，但场面很热闹，也很喜庆，屋里屋外摆满了席桌。做酒席，就要请厨师和跑堂的。厨师是外请，跑堂的都是男方亲戚或邻居。在酒席上，跑堂的总会来点恶作剧，总想弄点小插曲，让女方送亲的娘屋人尴尬一下。那就是，他们故意在"老爷""奶奶"的酒席上，最先端上一碟生姜片。上"生姜"的酒席，叫"姜酒"，是做小孩"三朝"酒的必上之菜。结婚酒是不能上生姜的，上了，是暗示女方娘家人，新娘子已不是黄花闺女了，或者是在娘屋里就"害肚"嗒，用现代的话来说，叫未婚先孕。

当下，未结婚先"害肚"，已不是怪事，倒还是喜事。但在过去，那就是大事，"羞事"，关系到女方的名节，娘家的名声。如果发现结婚酒席上了"生姜"，送亲的娘屋人就会没面子，就会找男方家去理论。男方只好赔不是，赶忙给送亲的数红包，给跑堂的发喜钱。大家都心知肚明，这是"讨红包""讨喜气"的一种方式。红包和喜钱到手了，大家依然喜气洋洋，喝酒的继续喝酒，吃饭的继续吃饭，跑堂的继续跑堂。

嫁出去的女，操不完的心。女儿出嫁后，父母就在掰着手指数日子，在算女儿什么时候"害肚"，什么时候可以做外公外婆。每一次女儿回娘家，做娘的总要把女儿喊到里屋或灶屋，悄悄地问女儿"害肚"冇。尽管女儿一听，脸红得像灶膛里的火，羞得像云边的霞，但还是会对母亲实话相告，这是娘女俩的私下话。

渣江的女人，不但温柔能干，而且也很健壮，上山能砍柴，下田能插秧，进厨能做饭，勤劳练就了一副好身子。出嫁后一月、两月或几个月，就会"害肚"，也会把具体时间告诉母亲。不像当今的有些城里妹子，总是

"害不了肚"，即使"害肚"了，不是要去医院保几个月胎，就是要在家卧几个月床，生怕"害肚害不稳"。

知道女儿"害肚"哒，做娘的自然好高兴，走路脚生风，说话嘴在笑，就开始忙着给女儿准备"害肚婆"礼。送"害肚婆"礼，一般要女儿"害肚"两三个月后才送。送早哒，女儿还没"现怀"，怕别人笑话你"心太急"，送迟哒，又怕女儿没营养。"害肚婆"礼并不贵重，但贵在关心，重在亲情。一般都是送几只母鸡婆，几十、上百只鸡蛋，或者自家养了几年的老鸭，或者自家塘里养的草鱼、鲢鱼，还有自己平时舍不得吃的土红枣、土板栗。

选上一个好日子，做娘的带上小女儿或小孙子，把"害肚婆"礼送到女儿家。做娘的不是把礼送给女儿就完事了，还要帮女儿杀一只鸡，炖一碗红枣板栗鸡汤让女儿吃了，才肯放心回家。临走时，还要千叮咛万叮嘱，要女儿千万要吃好睡好，把肚子里的孩子保护好。

本来就健壮的渣江女人，吃了娘家的"害肚婆"礼后，更加体强精神好，肚子一天天"现怀"，气色一天天红润。但渣江的女人不娇气，哪怕是身怀六甲，也不闲着，挺着大肚子，忙前忙后，忙里忙外，甚至挑上百把斤担子也没问题，宁肯自己多做点，也生怕把男人累坏哒。

渣江的女人不自私，爱自己的男人，疼自己的公婆，胜过爱自己，疼自己。尽管那时候物质匮乏，难得吃鸡吃肉吃鱼，但娘家送来的"害肚婆"礼，渣江女人不会自己一个人吃，总要先盛上一碗送给公婆，再装一碗送给男人，自己再吃剩下的。这就是渣江女人的传统美德。渣江女人，不知道也不晓得什么是现代胎教，这也许就是她们最朴素最传统的"害肚婆"式的胎教吧。

十月怀胎，苦了渣江女人，也喜了渣江女人。送"害肚婆"礼，送的是亲情，收的是温暖，传承的，更是渣江女人那样一种传统的贤惠美德和浓浓的渣江风情。

（记于 2020 年 4 月 3 日）

演陂："陶"醉岁月几百年

　　有人说，用火、制陶、冶炼是中华文明的象征。水、火、泥与时间的融合，更是中华文明中的精髓。如果，时间煮雨是现代浪漫，那么，时间煮水，煮泥，煮生活，则是古人的智慧。

　　宋、元时期，在衡阳县一个叫演陂桥的地方，人们便在水、火、泥与时间的融合中，拿捏了几百年，陶醉了几百年。岁月，也就在泥土中沉醉了几百年。

　　演陂，位于衡阳县西北部，地处黄龙山脉与大云山脉之间的衡邵走廊，境内有演水自西向东汇入蒸水。这里，曾是宋元时期的一个区域性制陶中心。现已考古发现，有茶岭陶窑、窑门前窑、墟头牌窑、斗米洲窑、新塘村窑、陈公岭窑、杨家排窑等7处宋元古窑址。

　　陶，出于泥土，而练就生活。它需要摔打，需要捏塑，需要窑烧。陶器，是当时人们必需的生活用品，或祭祀礼器。

　　制陶如塑人，在经过这些磨难之后，陶土便成了器，完成涅槃，变成神态各异的样子。有陶缸、陶罐、陶壶、陶碗、陶瓦当、陶"酒海"，等等。有黑陶、灰陶、紫陶，饰纹有几何图形、花鸟禽畜、祥云星月，也有铭文诗词。

　　演陂的陶器，是时间的凝固，是陶匠的灵魂。陶泥太干则裂，陶泥太湿则塌。陶匠们需要等待，等泥土干，等窑火旺，等陶器凉，就像陶匠们心中的那份期许，就像等待心爱的人儿，急不得，燥不得。火候到了，时间到了，便是喜悦，便是成就，便是希望。

演陂多陶土。陶土陶泥，与水共生。演陂有一个千工村，村因"千工塘"而得名。据说，千工塘多泉眼，泉水源源不断，系演水之西的一个水源地。干此塘需计工千个，故名"千工塘"。亦云此地原本无塘，因多陶泥，古为演陂制陶业原材料基地，常有上千名陶工在此取土，久了，便成了塘，故叫"千工塘"。不管"千工塘"是哪种由来，都可以见证演陂盛产陶土，且与演水相伴相依，水陶共生，水滋润着泥，泥依赖着水。

演陂陶泥，性温且柔，黏性度好，可塑性极强。她就像演水边的女子，自然而原生，常以天青色，或深褐色示人。她生性柔和，但不乏个性，需要匠人用心去发现，用情去拿捏，用爱去塑造，用温度去烧制，用时间和耐心去等候，才能得到泥的"陶"醉，火的成色，生活的滋味，岁月的质地。

也许，有某一位陶匠，在演水之滨，蒹葭之岸，看见了一位秋水伊人，让他突然心动。于是，他就把演水的云，演水的秀，连同演水边的姑娘，用了九九八十一天的时间，捏成了一个泥人，塑成了一个"陶姑"，然后，用爱的温度，用情的窑火，烧成了一尊陶泥"女神"，然后，又把她带在身上，藏在怀里。夜深人静的时候，在月光下一遍又一遍地把她打量。她的嘴角是

否带着微笑，她的蛾眉是否像那两片演水柳叶。她呀，就是你心仪的演水姑娘，或者就是你家乡的那位质朴女人。不管她是谁，你总会在"陶"中沉醉，在"陶"中遐想，在"陶"中想念。

也许，也有某一位陶人，把那首"君生我未生，我生君已老。君恨我生迟，我恨君生早"的民歌，刻在某一件陶器上。不知是你思念的寄托，还是某位演水女子的喟叹。

于是，冰冷的陶泥便有了情感，高温之后的陶器便有了温度。也不知，那件你用一生时光和情感去捏塑烧制的陶壶，最终是否被你梦中的人儿所收藏。

你不知道结果，你也无法知道结果，但在你的心中，你是多么希望，壶底刻有你情感的符号，陶泥之中融入你执念的期待，能够在某一天被某一人所读懂，或看清，或破译。

她是否在用那只陶壶，为你盛上亲手酿成的桃花酒，等你去品酌；是否会为你，煮一壶家乡的明前茶，在等你去品茗；是否会为你，装一壶演水河的水，与你万水千山，云水茫茫共沧海?

演陂的陶啊，虽然已被湮没在历史的尘土，但这里，似乎还飘荡着缕缕的窑烟；虽然片片破碎的陶片，深埋在泥土之下，但这里却"陶"醉了时光几百年。这里的窑址成了文物，这里的遗址长满了芳草，这里的窑火照亮了一片历史的天空。

寻觅着古陶的遗迹，仿佛在追寻一位古典美人的芳容。捧着一两片古陶的碎片，就像捧起一抔几百年前的泥土，也就像捧起一抔一方文明发祥的清泉。

时光，是不老的回忆。古陶，是历史的遗韵。在演陂，在演水，在一座座古陶的遗迹，古陶，虽然沉睡了几百年，但时光，也被"陶"醉了几百年……

（记于 2020 年 3 月 22 日）

本文发布于 2020 年 3 月 23 日网易、腾讯和 2021 年 12 月 25 日湖南政协云等网络平台。

台源九里渡：此情可待成追忆

　　锦瑟无端五十弦，一弦一柱思华年。此情可待成追忆，只是当时已惘然。

——唐·李商隐

　　蒸水河上，据说曾有九渡十八滩。九里渡，清代以前没有桥，是蒸水河上一个有名的渡口。因为，此渡上溯台源，下至西渡，皆为九里而得名。

　　古时，从湘乡去衡州，有一条古道，九里渡是这条古道上的一个小驿站，临于蒸水之西岸，曾设有伙铺、酒铺、当铺等铺门，依水而建，形成半边街市，长不过百米，铺门不过数十间。

　　这里，河面宽绰，河水平静。河的东面，山峦起伏，树木茂盛，倒映水中，犹如水中作画，若隐若现，山青水碧，水生鸟鸣。河的西面，是一片大町，稻浪起伏，荷叶田田，清风送香，莲荷亭亭。

　　这里，有酒旗招风，有酒娘浅唤，有行色匆忙，有凝水吟唱。街铺虽小，但过往繁华。

　　那是唐代大中元年（847）的夏天，有一位落魄的才子，从京师贬官，一路南下，然后西去桂林，投奔友人。他，叫李商隐，是当时红极一时的"网红""大咖"，也被誉为诗坛"情圣"。由于朝中官场"牛李党争"遭贬，受桂管观察使郑亚之邀，前往桂林赴职。

当他骑着一匹瘦马，沿着古道，一路南下，来到了这里，来到了九里渡。他，被这里的风光迷住了。只见蒸水悠悠，渡口繁忙，更有十里荷田，摇曳生香。有采莲女划着木舟小棹，采莲归来，满身荷香，提着竹篮，装满莲蓬荷花，向路人叫卖。他，被眼前的江南采莲女惊住了。没有京城唐女的雍容华贵，有的是江南女子的水灵秀丽。没有京师女人的胭脂朱粉，有的是一双眼眸，春水般婉丽，秋水般深情。一双手臂，如莲藕般通透，白菱般白嫩。他在想：什么是偶遇，什么是邂逅，什么是一眼便是万年？也许，这就是。他问："你叫什么名字？"她笑着，如同夏荷初开："蒸水河畔夏雨荷。"

夏雨荷，多么美丽的名字。他记住了，把她记在心里。然后，他便匆匆赶路。他要去赴任，去实现他的人生理想与抱负。但，他在桂林仅仅一年，郑亚再次被贬官，到循州任刺史。他不得不离开桂林，返回长安。

唐代大中二年秋（848），他又沿着这条古道，向北回行，再次来到了这里，来到了九里渡。这时，已是荷残秋雨，他便夜宿九里渡客栈。一江蒸水，在轻拍着古渡，似乎在安抚他这个漂泊失意的书生。没有青萝楚歌，只有江东过客。不见去年雨荷，只见西风瘦马。淡了红尘繁华，瘦了尺寸年华，薄了指尘芳华。来时之景，仿在昨日，转眼岁月流转，时至暮秋，物是人非。

荷叶初生之时，春恨即生；荷叶枯萎之时，秋恨又成。这遗恨，这思念，从此长伴他的生命始终。"我是人间惆怅客，知君何事泪纵横。"于是，你趁着月色，踏着涛声，抒发着自己内心的孤独与落寞。那一首《夜宿九里渡》，道出了你心中的遗憾与无奈。诗云："白暮轻烟起，溶溶水一湾。马知归去路，月照旧来山。野浦滩声细，荒林树影闲。欲投僧寺宿，灯火认禅关。"

从此，那蒸水河畔夏雨荷，便成了他的一个心结，成了他诗文中的韵律与平仄，也成就了他无题爱情诗的灵魂与诗眼。

后来，在他回到中原，回到曲江后，便写出了他对荷花那一眼万年的眷眷爱恋。"荷叶生时春恨生，荷叶枯时秋恨成。深知身在情常在，怅望江头江水声。"也不知，那"江头"到底是中原的"曲江"，还是江南的蒸江？在他另一首《荷花》诗中，人们宁愿相信，那"荷花"就是蒸水河畔的"夏雨荷"。"都无色可并，不奈此香何。瑶席乘凉设，金羁落晚过。回衾灯照绮，渡袜水沾罗。预想前秋别，离居梦棹歌。"难怪有人在他的逸事中，说他心中在暗恋一个叫"荷花"的江南女子。

那个叫"夏雨荷"的九渡女子，你可知道，正是你的一丝浅笑，一衣沾水，一叶春生，一花夏开，让一个落魄的才子，从此有了情感的寄托。蒸水河畔夏雨荷，你送他一回眸，他记挂你一生。你呀，可是他的"昨夜星辰昨夜风"。你啊，可曾感受到他的"身无彩凤双飞翼，心有灵犀一点通"。也许，你一生都不曾想到，你会成就一个晚唐才子的情感坐标。而你，就是你，一个天真无邪，无忧无虑，生于蒸水之畔，长于荷乡之野的普通女子，那么纯朴而自然，如同这里的莲荷，春生夏荣，年华留香。你无拘无束，你绽放自如，你看惯了春花秋月，看透了红尘过客，在这里，守着渡口，守着荷田，守着青春年华的美丽。

你的锦瑟年华，如同河边杨柳，随春而生，随风而摇。无须"一弦一柱"的弹奏，只需这乡野荷风的熏陶。"暗恋"也好，"多情"也罢，也许你真的不懂。你的香，你的韵，你的天真与随性，只是留给一个古风时代去咏唱，留给一个落魄书生去追忆。

"锦瑟无端五十弦，一弦一柱思华年""此情可待成追忆，只是当时已惘然"。那个叫李商隐的唐代才子，只是九里渡这个红尘渡口的匆匆过客。那一江蒸水，那十里荷田，那半边古街，依然静静地守候在这片古老的大地，沐栉着历史的风云，追忆着锦瑟的年华，孕育着希冀的梦想。

一江水，一片荷，一个古渡，半条残街，几阙诗词。没有惆怅，只有清香；没有幽怨，只有古韵……

这里，便是九里渡。

（记于 2020 年 5 月 3 日）

本文刊发于 2020 年 11 月 22 日《衡阳晚报》副刊头条。

清花湾的女人

　　人们常说，女人是水做的。有水的地方就出美人。在水边长大的女人，出落得水泱泱，水灵灵的。生活在水边的女人，都有水的灵性，水的韵味。她们不但有春水般的眸子，有秋水般的深情，更有上善若水的包容与心境。

　　不知是水养育了女人，还是女人丰腴了水。水，让女人变得那么的美丽。女人，使水变得那么的生动。

　　衡阳西渡清花湾，一个有山，有水，有故事的地方。因为有河，有古桥，有古渡，有古街，有水灵般的女人，因此，被人们称为衡阳县的"边城"。这里是蒸水河下游一个古渡口，先前叫新桥，是清花河与蒸水河交汇的地方，便成了一个河湾。如今，这里叫"清花湾"。

　　旧时，这里是东去衡州、西去宝庆、南去零陵、北去长沙的交通枢纽。那时交通不发达，只靠水路和官道。清花湾便成了南来北往商贾的集散地。

　　清花湾的女人就靠山吃山，靠水吃水，过着半商半农的生活。这里的人们开始沿河而居，沿湾而建，日复一日，年复一年，建成了一条长800多米的老街。精明能干的清花湾女人便开始开铺坐店。酒铺、伙铺、南杂铺、药材铺，五花八门，各显神通。男人进货送货，女人结账收银，各自忙着张罗着生意，过着惬意的日子。

　　白天，路人要赶路，清花湾的女人就斜倚在各自的店铺门前，或靠在旧式的窗棂前，缱绻地半眯着眼，时不时朝狭长的街巷尽头望一眼，抑或朝河边的渡口看上几次。

不时，也不知是哪家的女人，在街上骂着自家的男人："日头都快落岭哒，你还躺在床上，一天到黑就只晓得呷酒睡觉。"也有女人操着一柄"闹鸡杷"（一种把竹竿一头破开成几块的竹竿）在街巷里赶鸡撵狗。

天色渐渐暗了下来，夕阳把清花湾的河水映照得像一段云锦。清花湾的女人们便开始忙碌了起来。一边吆喝着男人挑水搂柴，一边自己淘米拣菜。古渡的码头上，挤满了女人，洗衣的，洗菜的，淘米的，来招揽生意的，也有和船上的船工或顾主打情骂俏，插科打诨的。

天色黑了下来，街巷里亮起了灯火，不明也不暗。也有几处店铺，挂起了红红的灯笼，格外醒目。河面上，有点点船火或渔火，忽明忽暗。这里的女人根本不要出来，就知道河面上的老主顾来了。于是，白天并不繁华的街巷便开始热闹了起来。街上的女人便开始忙这忙那，招呼着各自的顾客。

清花湾的女人也很率真。当摇篮里的孩子饿了啼哭时，年轻的清花湾女人便会赶紧解开衣襟，抱着孩子，坐在店铺的门槛或台阶上喂奶。有顾客眼睛像长了钩子，看得发了呆。清花湾的女人便会嘻骂几句："莫把眼珠子掉地上了。你就冇呷过你娘的奶？"

清花湾的男人对自己的女人都很放心。遇上老主顾或无聊的客人在酒过三巡之后，大声吆喝着老板娘去敬酒陪酒时，男人不会小气，更不会生气。因为，这里有古老的传统。这里的女人，如同这里河岸与山上的紫藤花，虽然浪漫紫幻，如紫雨般迷人，如紫云般妙曼，但情感专一，矢志不渝，令红尘多少信男善女追逐、感动。清花湾的紫藤，便成了爱情的花语。清花湾的女人，就像清花湾的紫藤，她们适宜清花湾的气候与土壤，只有在这里，才能开得那么自然，开得那么烂漫。

清花湾的女人都很能干。虽然身材娇巧，性情温柔，犹如清花湾的水，犹如清花湾的柳，但，她们个个能吃苦，能耐劳，百来斤的担子能挑得上码头，上山能砍柴，下河能捕鱼，进园能种菜，夏天能生风，秋天能酿酒。一到春天，遇上桃花汛，清花湾的女人扛上鱼网鱼篓，在沿河两岸的汊湾里，一字排开，总能收获满满的河鲜。自家店铺里招待客人的土菜土产，都是清花湾的女人精心制作的。火焙的鱼虾，新鲜的螺丝，绿色的瓜蔬，经过清花湾女人一双巧手，总是那么色香味俱全。一到秋天，家家酿制的湖之酒，香了清花湾，香了一条河。还有那高粱粑、糯米团、红薯粉，让顾客吃在嘴上，甜在心头。

清花湾的女人也要强。做生意，总想比别人做好一点；日子，总想比别家过好一些；手艺，总想比别人技高一点；孩子，总想比别人家的孩子争气一点。在教育子女上，她们总是苦口婆心，刀子嘴豆腐心，生怕自家的孩子恨铁不成钢，总想望子成龙，望女成凤，哪怕家里再苦再穷再困难，宁肯自己省吃俭用，节衣缩食，也生怕孩子冻了饿了，更怕孩子荒芜了学业。就是这样的女人，养育出了一代又一代清花湾的靓女才俊。

清花湾的女人也很好胜。她们从不觉得自己比别人差。以前，每年农历三月，街上要唱堂会，也叫唱戏。有清花湾本地人出钱请戏班子的，也有过往的老主顾花钱唱戏的。在本就狭窄的街巷里搭上戏台子，锣鼓一开场，整

条老街便挤满了看戏的人。为争一口气，为争一分胜，哪家店铺请本县戏班子唱上一场，另外一家便要请衡州的戏班子再来一场。就这样，一连要唱个数月。也有男人心疼几个钱，女人便会呵斥男人："冇出息的东西，钱是靠赚的，不花钱，怎么会赚钱。"男人便不再作声。

清花湾的女人更有家国情怀。也许，她们不懂得什么大道理，也不晓得什么是家国情怀。但她们却知道，没有国就没有家。抗日战争时期，她们和男人一起，在那座七拱古石桥上抗击过日军，在十乡八村里做过抗日宣传。有好多清花湾的女人，为抗日捐过款，有的就连娘家陪嫁的金戒指、银耳环、玉镯子都捐了出去。衡阳县那个曾为抗日募捐购买一架飞机的女人，据说就是清花湾里长大的。

一方水土养一方人。清花湾里，有在水伊人，也有桥边姑娘。清花湾的女人如同清花湾的水，既有小桥流水人家的烟火味，又有纯朴婀娜娟秀的恬静美。她们既有波澜不惊的平静，也有波浪壮阔的气势。

古典而又现代的清花湾，在日日夜夜静静地流淌，善良而又美丽的清花湾女人，在岁岁年年幸福地生长……

（记于 2020 年 7 月 28 日）

本文刊发于 2020 年 7 月 30 日《衡阳晚报》副刊头条，被推荐参加湖南省地市州党报副刊文学作品评选并获奖。

岘山寺：此恨不关风与月

曾虑多情损梵行，入山又恐别倾城。世间安得双全法，不负如来不负卿。

——仓央嘉措

在衡阳县，有一乡镇叫岘山镇。相传，地名因境内光辉村金龙峰上有一古寺，叫岘山寺而得名。据清同治《衡阳县志》记载：先有岘山寺，后有衡州城。可见岘山寺历史之悠久。

岘，小而高的山岭。湖北襄阳有一山，名岘山。山上有一寺，谓岘山寺，又名岘首寺，是当地百姓为纪念晋魏时期襄阳太守羊祜的功绩而建的。据史料记载，衡阳县岘山寺是在南宋度宗时期，因战乱由湖北襄阳迁来此地。

千年风雨千年云，物事已非千年烟。如今，寺已无存，寺庙的唐砖宋瓦早已湮没在历史的尘土之中，昔日的缕缕香烟已消逝在历史的天空，唯有几截寺门断石，静静地横亘在那个荒山野岭。

伫立寺庙遗址前，仿佛看到一个风雨飘摇的朝代，狼烟四起，战火连绵。南宋，历史上一个短命的朝代。由于元兵压境，南宋偏安于南方一隅。后因南宋猛将刘整遭丞相贾似道陷害而降元，向元军献计，先破襄阳城，后攻南宋都，则南宋必亡。也许就是这个缘故，襄阳岘山寺因此而南迁。

你原本是南宋襄阳的一位守城将军，后奉命负责寺庙的南迁。你千里迢迢，来到了这里。

这里，有武水蜿蜒，有重峦叠嶂，有二牛相斗。在这里，你遇见了她。你们从相遇到相识，从相悦到相恋。你说，寺庙建成后，你要带她策马天涯，你要带她纵横天下，你要许她盛世繁华。她说，三生有幸遇见你，纵使悲凉也是情，只要君心似我心，长发及腰也等君。于是，你和她，看一江武水，吹孤城烟火，十指相扣，桃花为盟，挽一缕清风的洒脱，约一场秋雨的清寒。她是你，红尘里最美的遇见。你是她，一见如故的思念。

武水河畔，岁月微凉，一场场漫漫烟雨，淋湿了谁的记忆，那黛色霜青的山岭，又留下了谁的温婉。桂花树下，黄酒常温，蒹葭之岸，伊人常在，斗牛石上，又留下了谁的誓言。从此，炊烟深处，金龙峰上，多了一份渴望与守望。

几年后，寺庙建成，从南方传来消息，南宋兵败，那个七岁的小皇帝，被一名将军抱着沉入了大海。那个南宋儒将文天祥也被元军俘虏了。国破家亡，回眸处，已不是灯火阑珊。回望处，已是遍地狼烟。你壮志未酬，心灰意冷，站在寺庙前，回望北方，已是泪眼涟涟。

于是，你削发为僧。缕缕青丝坠落一地，犹如你处的那个朝代，已不存在。而你，把她，把一个与你山盟海誓的姑娘，丢弃在这红尘的烟雨中。你把她对你的好，对你的恋，对你的希望与期待，化作暮鼓晨钟，化作经诵声声。只有你知道，你早已把她的名字，把她的容颜，把你对她的爱恋，刻在了心中，刻在了骨上。缠绵而悱恻的往事，伴着寺庙的钟声，回荡在悲怆的天涯。从此后，你在等待下一个生命的轮回，梦想着来世与她共赴红颜繁华。

佛说，轮回中，心若一动，便是千年。也许，你们的相识相恋，只是前生的一个回眸。红尘中，需要多少个轮回，才能换来今生倾心的遇见。因为，这份等待已在佛手心里沉睡了千年。难道，你的修行，只为经年之后一见的惊艳，还是在为一个朝代的灭亡，作信仰的祭奠。

没有岁月静好，只有沧海桑田。没有灯火阑珊，只有阴晴圆缺。佛前的烛光里，已不再是盛世红颜。

此后一段日子，她再也没有来过。你背靠着寺庙的大门，看向山门外，桃花已落，不见半点桃天。武水之岸，已是苍凉成霜。而你，总想把她放下，闭上眼睛却都是她的模样。你知道，不管见与不见，她都在你的心间。

突然，有一天，她又来了。你呆呆地坐在大殿的阶檐下，人也痴痴，眼也痴痴。她在山门外，着一身鲜红嫁衣，在翩然起舞。她的嫁衣，灼伤了云霞，灼伤了你的眼，也灼伤了你的心，同时灼伤了那片历史的苍天。

你闭着双目，一手礼佛，一手数捻着胸前的佛珠。突然，佛珠散落了一地，诵经声早已沙哑。不知何时，你竟已是泪流满面。红尘岁月，光阴流年，在你心间，在你眼前，她犹如佛前的那朵清莲。你多么想，用初见的纯真，守一世思念的清欢，抑或离别的愁绪，无奈世间炎凉，国破家亡，你已无力回天，便只能把一生的夙愿，交给佛经，交给青灯。

如若有缘，缘何在？如若无缘，何为缘？你是佛前青灯，她是人间惊鸿。今生的情，来生还。你诵经声声，她红衣轻舞。从此后，山水之间，只见她转身离去。她终是一袭嫁衣如火，却不知，你的佛衣上，早已写下她的名字，落满泪痕点点。

"最好不相见，如此便可不相恋；最好不相知，如此便可不相思；最好不相惜，如此便可不相忆"。你啊，已不再是一位守城的大将，也不是岘山上的一位无人能懂的"情郎"。你啊，只是留给历史一个猜想，留给红尘故事一个遗憾。多年之后，你的故事伴随着寺庙的倒塌，被埋进了泥土，成为一缕历史的云烟，那么淡，又那么远。

这，便是一个关于岘山寺的悲情传说。"人间自是有情痴，此恨不关风与月""世间安得双全法，不负如来不负卿"。难怪后来，总会有人，倾其一生，把时光用来等待一个曾经有约的人，哪怕等待的，只是心中的一朵禅，只是窗外的一抹烟……

（记于 2020 年 5 月 25 日）

本文发布于 2020 年 5 月 26 日网易、腾讯网络平台。

衡阳三湖町：明月曾经照故城

青天有月来几时，我今停杯一问之。今人不见古时月，今月曾经照古人。

——李白

在衡阳县西北腹地，有一个全市最大的"平原"，被誉为"天下粮仓"的三湖町。传说境内在古时曾有上湖、中湖、长湖，后因蒸水冲积，三湖变成了桑田沃土，故名"三湖町"。

三湖町，南有悠悠蒸水，北有九峰余脉。因有山有水有町，自古便是"风水宝地"。这里是"蒸阳"最早的发祥地。东汉时期为钟武侯国、重安侯国、承阳县。后因"承"与"蒸"音近，又有母亲河蒸水，衡阳县亦称"蒸阳"。

境内的福城寺，曾经香火旺盛，始建于宋度宗年间，为汉代钟武侯国故城。境内的荫棠坪，曾为重安县城，今尚有古城遗迹。古城护城河、古城墙遗址尚存。

那是东汉时期的一个春天，重安王子度亲手在护城河边栽下4株甘棠，后长成参天大树，树荫覆盖两三亩地，因此，这里被叫"荫棠坪"。每逢暮春，百花凋谢，甘棠独放，洁白如雪，成为古城一景。重安侯王便携家眷美人，赏棠饮酒，品茗赋雅，汉服飘飘，霓裳起舞。如水的月光轻洗着汉砖黛瓦，满地的落英如云如幻。城郭高处，有琴声悠扬，有筝声婉转，有磬声清脆。红烛灯笼，在空旷的田园晚风里飘忽，成为三湖町中一道古朴而真实的风景。

这里，曾经留下多少汉时明月的光辉，曾经留下多少汉韵的悠长。有多少侯国佳人，有多少三湖女子，临河汲水，浣纱蒸水。

这里，是衡州北去双峰的要道。因为一条蒸水，便有了古渡，那就是龟石渡、马滩渡。在上湖的蒸水河边，有一巨石，极具龟形。这里，是人们从洪市去渣江的必经之渡。传说蒸水河里有一修道千年的老龟，经常在河里兴风作浪，人们在渡河时常被掀入河里。一日，风雨大作，老龟又在蒸水河上作浪，两岸的人们无不惊恐。

这时，雷神正好从此路过，便伫立在西边不远处的一座山峰上，一声霹雳，一道赤光，便将老龟镇住，变成一尊石龟，守在河边，守护两岸百姓平安。此后，这里便风平浪静。人们便将这个渡口叫龟石渡。雷神站立

著名作家琼瑶回故乡三湖　（衡阳县委宣传部供图）

的那座山，便叫雷神岭。后来，因人们避讳"龟"为"王八"之贬义，改名为"朱霞渡"。清代中期，当地官办民助，建起了一座石拱桥，至今横亘在蒸水河上。

町的东边，有山如鼓，故名鼓峰。三国时期，孙权曾带兵至此，驻扎福城寺，讨伐乱贼。一代枭雄，曾在鼓峰之巅擂鼓练兵，鼓声如雷，震撼四野。他曾雄立蒸水北岸，渡河饮马。战马长嘶，响彻云霄。这里，便叫"马滩渡"。

蒸水悠悠，柿水蜿蜒，三湖变桑田，故城成云烟，淘尽多少英雄豪杰，留下多少巧盼倩笑。

这里，有江南水乡的风韵。有一溪碧水流过美丽的桃花堰，有一股清冽的甘泉从九峰余脉的山冲里流出，滋润这片不老的土地，哺育这里生生不息的人们。

这里，有一代言情大师琼瑶的故居和乡愁。"回首衡阳，遥望湘江。白云深处，是我故乡。寄语白云，归我故乡。告我亲人，未曾相忘。浪迹天涯，怀我故乡。"琼瑶在这里，在她的故居兰芝堂度过了两年的童年时光，之后随父母外出。1949年春天，在陪祖父陈墨西过完80岁生日之后，就随父亲离开大陆去了台湾。1989年5月7日，她心怀剪不断的乡愁，回到阔别40年的故乡——三湖兰芝堂探亲祭祖。《情深深雨蒙蒙》中的西渡桥，就是她故乡衡阳县的地标。三湖兴隆水库边的"天上人间十二峰"，就是她作品中的"幽幽谷"。

三湖町，阡陌纵横，溪河交汇，春播千顷稻，秋收粮满仓。这里的春天，满垅满町的禾苗和油菜，犹如绿毯铺地，黄金拼图；这里的秋天，金稻翻滚，犹如金色的湖海。"三湖熟，蒸阳足"，是这里人们的骄傲。

然而，曾经这里也是"伤心地"。在资源十分匮乏的年代，这里的人们日常的烟火都成了难题。民谚云："养女莫嫁三湖町，三只禾苋苋煮餐饭"。寻柴，便成为三湖町人的日常活。每天清晨，男人拿上一把柴刀，一根竹"枪"，带上几个饭团子，去甘泉冲里寻柴，日落而归，以保证一家烧火生烟。女人便将男人从甘泉冲里寻回的柴火劈好码堆，以备今后的日子生火做饭。龟石渡傍的那三株古樟，不知见证过多少疲惫归来的人影，见证过多少女人等待男人晚归的张望。

随着时代的变迁，三湖町成了农业粮食生产的高产示范片。曾经的古渡口，早已不见摆渡人的踪影，偶尔有一两叶孤舟静横在河边，成为这里乡村的水墨意境。曾经，不知有多少不愿"面朝黄土背朝天"的三湖町人离开了这里，他们为了不再寻柴而去远方寻财，如今是否回来看看故乡的模样。

河还是那条河，山还是那座山，町还是那个町。但一个转身，光阴就成了故事。一次回眸，岁月便成了风景。昔日的马嘶鼓鸣，昔日的故城故事，早已湮没在历史的尘土和烟云中。旧时的明月，见证过这里的沧海桑田，见证过这里的故城芳华。

今日的福城，书声琅琅；今日的鼓峰，战鼓声声。书声，鼓声，成为三湖大地上的天籁之声。今日的明月，映照着这里的锦绣繁华，总是显得那么的明亮。

他乡纵有当头月，不如故乡一盏灯。无论你走了多远，这里始终是你常常回头张望的地方。无论你变成了什么模样，三湖町都在以湖心般的胸怀，一直在故乡的渡口等你归来。

三湖町，你是多少人梦里的明月光……

（记于 2021 年 1 月 8 日）

本文刊发于 2021 年 1 月 10 日网易、腾讯平台。

昨夜月明香暗渡，相思忽到梅花村

梅花，含苞于严寒，瘦影于凛风，绽放于孟春。

春风初生，春雨初发，梅花初香。带着时光的温度，携着经年的故事，衡阳县西渡镇梅花村的梅花，在岁月里浅笑安然，在流年里暗香疏影，在春风里等你嫣妍。

云淡风轻，缓缓而行，让过往云烟落入梅林。剪一段初春的淡艳，可抵岁月眉心；吟一阕梅花乐府，听一夜月色未央，灯火阑珊。

因为一朵梅，让多少如花美眷，为之倾慕，美翻了历史的春天。因为一朵梅，让多少故里旧人，为之思念，动情了山水妩媚。因为一朵梅，让多少良人相约，去赴一个春天里的约会，让一树花枝生动了十里梅村。

梅花村，因梅而得名，因梅而生香，因梅而律动。

梅花时节，春色正好。走进梅花村，走进一个暗香盈盈的春天；走进梅花村，走进一幅梅花盛开的诗意画卷。

站在梅花树下，闻一缕唐诗宋词里的相思滋味，可以慰一份远方游子思乡的情愫，可以梦一回"梅花妆"的娇羞。

关于梅花，有一个美丽的传说。据《太平御览》记载，南朝宋武帝刘裕有一个女儿，名兴弟，史称寿阳公主，别名会稽公主。寿阳公主十六岁那年，也就是农历正月初七日，她仰卧于含章殿前的梅花树下，双眸微闭，一只纤手托着香腮，仿佛进入一个梦乡的境界。一阵清风拂来，带来梅花瓣瓣，落于肩，落于额，因香汗浸染，拂之不去。

三日之后，经辛夷之水方才洗去额头上的梅花，不料留下浅淡花痕，倒也给寿阳公主增添了几分娇柔与妩媚。从此后，引得宫女纷纷效仿，拾落梅花瓣贴于额间或脸颊，故而名为"梅花妆"。"梅花妆"迅速从宫中传于民间，得众多女性喜爱和效仿。因此，寿阳公主被后人尊为"正月花神"，即"梅花神"。

"美人兮美人，不知为暮云兮为朝雨。"一瓣梅花，凝结于眉间，多少历史往事，荡漾于额面的万千春色里。千年梅艳千年风，千年梅香千年韵。花影摇红，衬托多少女子的妩媚与绝色。汗微湿，香暗溢，谁懂梅花一窗意。

"相思一夜梅花发，忽到窗前疑是君。"踏春寻梅，只为那一抹淡丽。今生欲与梅花说，云海天涯唇齿依。江南无所有，聊赠一枝春。

梅花的颜容，梅花的淡雅，梅花的香味，唤起多少人的记忆？

初见你时，似是梅花仙子霓裳羽衣，你的眉间烙上一抹梅花印。再见你时，梅花村里已是梅花十里，枝头缕缕梅花红。

如今，那段梅香的遗韵，被春风重新拾起。那场花事的等待，被油纸伞撑起。有汉服起舞，伴梅花纷飞。有古筝悠扬，勾起多少离人的愁肠。

昨夜月明香暗渡，相思忽到梅花村。看到梅花，就会想起那一树梅花般的人儿。梅花的清丽，梅花的甘苦，梅花的香气，梅花的坚毅，无不是你的味道。不管是想念故乡，还是想念心中的人儿，你都会叹一声"相思忽到梅花村"，你都会问一句"梅树枝头着花未"？

谁叫故乡长满了梅花？谁叫梅花长在她的小窗前？谁叫梅花那么美，谁叫梅花那么雅？

酌一壶相思，醉了流年；拈几片花瓣，寄给天涯；携一路梅香，陪君一生。

那些阳关故人，那些日暮苍山，都被这一村的相思梅花，染成了胭脂，酿成了幽雅。什么鲜衣怒马，什么诗酒年华，皆抵不过你额前那一枚梅花瓣。

梅花村里，梅花满园。你是否坐在梅花树下，等一缕春风，等一片落梅，等一位故人？

梅花园里，梅香十里。你是否，在望梅等君，为你拾一片落梅花瓣，烙印眉心？你是否，在对梅许君，为他弹一曲"落梅"乐府，伴岁月情长。

梅花如你，梅香如你。一帧"梅花妆"，只为待君寻梅归。

（记于 2021 年 2 月 18 日）

本文发布于 2021 年 3 月 6 日网易、腾讯网络平台。

红珠留着相思念

我赠红珠如赠心，但愿君心似我心。

——夏明翰

一颗红珠，留着相思之念；一封家书，感动天地泪眼；一首诗文，融入基因血脉；一座旧宅，成为红色景点。

在衡阳县洪市镇有一座山，叫礼梓山。旧时，因此山盛产贡李，得名"李子山"。后因"李"为"贡礼"，梓为"桑梓"（家乡之意），而改俗名"李子"为雅名"礼梓"，寓"礼义之乡"。

山不在高，有仙则名。礼梓山不高，也无仙，但却有名。山脚下，有一座大宅，住着一户大户人家姓夏，可谓书香世家，名门望族。这里，就是一代先烈夏明翰的故居。

夏明翰的祖父叫夏时济，进士出身，官至清光绪朝户部主事，江西江苏督销局、两江营务处总办。父亲夏绍范，以优贡入仕，是清朝诰授资政大夫，钦加三品衔，曾任湖北秭归知州。母亲陈云凤，为清末"铁面御史"陈嘉言长女，光绪二十八年被赐为诰命夫人，能诗能文，一代才女。

夏明翰，字桂根，1900 年出生于湖北秭归。1917 年春，年仅十七岁的夏明翰考入湖南省立第三甲种工业学校。1920 年秋，经过五四运动洗礼的夏明翰来到长沙，结识了毛泽东。1921 年冬，经毛泽东、何叔衡介绍，加入中国共产党。1924 年，他担任中共湖南省委委员，负责农委工作，1926 年 2 月，他被党调到武汉工作，担任全国农民协会秘书长，兼任毛泽东和中央农民运动讲习所秘书。1927 年 6 月，他回湖南省，任省委委员兼组织部部长。同年 10 月到平江浏阳任平、浏特委书记，领导发动了平江农民暴动。1928 年初，又回武汉工作，任省委常委。因叛徒出卖，同年 3 月 18 日被捕入狱，3 月 20 日清晨，就义于汉口余记里。

就是这样一位铁血男儿，却有一段感动天地的大爱情感。1926 年，夏明翰在长沙领导工人罢工，受到国民党军警的镇压。他走在罢工人群的最前头，国民党军警向他开枪，这时，一个瘦弱纤细的身影向他扑来，他安然无恙，可她的右膀中弹受伤。这时，他并不认识她，她却认识他。这个弱女子叫郑家钧，是湘绣厂一名普通女工。就是这一搏命相救，就是这一以命护君的举动，使他们从相识到相知，从相知到相爱。

她相貌清秀，温柔坚强，心灵手巧，是湘绣厂的巧妹子。他英俊干练，戴着一副眼镜，双眼散发着睿智的光芒。特别是他一身的正气，和面对枪口的凛然，给她留下了怦然心动的印象。

后来，在毛泽东、杨开慧、李维汉、何叔衡的介绍下，夏明翰与郑家钧结成了一对革命的伴侣。

结婚那天，李维汉为他俩送上了一幅婚联："世间唯有家钧好，天下谁比明翰强。"就这样，一个官家富豪子弟娶了一个穷苦人家的"灰姑娘"。婚后的日子是幸福的。一年后，女儿"赤云"出生了，给这个小家庭带来了新的快乐。郑家钧在家学文识字，照顾女儿，夏明翰忙着农协的工作。

一天晚上，他从外面回家，把一个纸包交给她："家钧，你看看，喜欢吗？"她打开纸包，是一颗红珠。纸上，他给她写了两句诗："我赠红珠如赠心，但愿君心似我心。"她手捧红珠，紧紧地贴在心口，眼里噙着幸福的泪水。

这是一个男人，一个顶天立地的男人，捧出的一颗浪漫的心。这是一个男人，为追求进步，不怕子弹与屠刀的男人，那一颗丹红的心。他问她："你为我挡子弹，你不怕吗？"她说："不怕！我认定的男人，就值得以身相许，以命相护。"为你生，为你

死，为你守护一辈子。这就是他们无言的爱情誓言。

1928 年 3 月 19 日深夜，有雨如泣，有风如咽。监狱外，一片漆黑，不时，有道道闪电划过乌黑的夜空，也有声声惊雷，响彻苍茫大地。他知道，明天天一亮，他就要告别这个世界，告别他的亲人，告别他的同志，告别他的事业。他想她，真的好想她。想起她的温柔与善良，想起她内心的坚强与勇敢，想起她含辛茹苦哺育尚在襁褓里嗷嗷待哺的女儿……他想她，真的好想她。

无情未必真豪杰，只因未到动情处。他在敌人的严刑下没有叫一声痛，没有留一滴泪。可在此时，他已是泪眼模糊，眼前都是她的身影。她的美，她的笑，她的识文练字那倔强的样子，她扑在他怀里那一脸的温柔与温存，她要日后独自抚养女儿的艰辛……这些，一一浮现在他的眼前。

他拿起敌人给他写自白书的半截铅笔，给她写了一封信。这是家书，也是遗言，是叮嘱，也是告别。

"亲爱的夫人钧：同志们曾说世上唯有家钧好，今日里才觉你是巾帼贤。我一生无愁无泪无私念，你切莫悲悲凄凄泪涟涟。张眼望，这人世，几家夫妻偕老有百年。抛头颅，洒热血，明翰早已视等闲。各取所需终有日，革命事业代代伟。红珠留着相思念，赤云孤苦望成全。坚持革命继吾志，誓将真理传人寰！"

字字血，点点泪，句句情，声声泣。这一生，她成了他心中唯一的牵挂。这一别，未竟的事业成了他心中唯一的遗憾。她，如同一朵轻云，恰好落在他的心上；他，如同一抹红霞，正好映在她的眉间。有些幸福，值得等待；有些遗憾，值得珍藏。因为懂你，所以留恋；因为相惜，所以牵挂。

这是一种深情，这是一种大爱，这是人间至真至纯的真爱。他放下了生死，却不能放下她。这次永别，是风，是雨，是夜晚，你都为她叮嘱，为她憧憬。但愿君心似我心，定不负相思念！

他写完信后，用嘴唇和着鲜血，在信纸上留下一个深深的吻痕。这是生离死别的血泪之吻，这是两情相守的誓约之吻。吻下的是热血，留下的是永恒。吻下的是信仰，留下的是力量。

清晨，他拖着沉重的镣铐，来到刑场，在人生最后一刻，写下了"砍头不要紧，只要主义真。杀了夏明翰，还有后来人"的悲壮诗篇。

随着一声枪响，一代英烈带着他的梦想追求，带着他的情感遗憾，带着他的牵挂期待，化作东方那一抹旭霞，化作红旗那一抹鲜艳，化作"后来人"那代代传承的红色基因。

后来，她专程来到汉阳去凭吊他，并为他写下了一首词："闻君就义汉江城，慷慨高歌主义真。气吞山河遗篇在，血溅沙洲浩气存。白骨推波卷巨浪，丹心永照后来人。喜看今朝乾坤赤，英魂含笑看朝晖。"这是她，为他等待的回音。这是她，为他告慰的浓浓深情。这是她，不负相思念的声声呼唤。

他如流星般划过天际，却闪亮了夜空。芳华虽短，却英雄精神代代赓续，薪火相传。

红珠留着相思念，但愿君心似我心。

（记于 2021 年 5 月 20 日）

本文刊发于 2021 年 5 月 26 日《衡阳日报》副刊头条、2021 年 5 月 27 日人民日报海外版（网）。

02
第二章

▼
衡阳酒娘
HENG YANG JIU NIANG

岁月,如一坛老酒,
越是久远越是浓酽;
日子,如一壶老酒,
越是用心越是醇绵。

难忘曾经的"双抢"季

孩子，听父母讲那过去的故事。

——引言

当下，最热最火最令人关注的是"毕业"季、"公考"季、"年假"季。农村中小学的"毕业"季，老师和乡村干部在忙于"防溺水"；高中的毕业季，家长在谈论谁家的孩子考上了"985""211"，谁家的孩子"争气"，谁家的孩子"失误"，填志愿比考生考试更难；大学的毕业季，在搞毕业晚会，在忙于拍毕业照。"眯眯眼"招来网络怒怼，校花一首《大海星辰》一夜走红。还有"公考"季，可以朝为田舍郎、夜登"天子"堂。还有"年假"季，可以全家旅游，可以呼朋唤友。

但让我最难忘的还是曾经的"双抢"季。那些出生在 20 世纪六七十年代的农村人，对"双抢"也许会刻骨铭心，成为我们这一辈人难忘的经历和记忆。

对于"双抢"，我们既爱又恨，可谓"想说爱你不容易"。"爱"，就是可以吃饱饭；"恨"，就是"双抢"太累。何为"双抢"，对当下年轻人根本不知道这个概念，也许，他们会理解为"抢车位""抢红包""抢流量"。只有我们这一辈经历过"双抢"之人才知道"双抢"就是"抢收""抢种"

之意。

俗话说，一寸光阴一寸金，时光季节不等人。人勤万物生，人懒地更贫。那时候，农村人全靠在地里刨食。抢收抢种是农人养家糊口维持生计的根本。

在我的家乡，农人都种双季稻。当布谷鸟的叫声唤醒漫山遍野的杜鹃，唤醒沉睡一个冬天的土地时，农人便开始披蓑戴笠，扛锄扶犁，翻耕田地。"穷人莫听富人哄，桐子开花才下种"。农人对农事季节的把握很有分寸，也很有经验，这是中国农民几千年智慧的结晶。从播种到插秧，一个月的秧龄，再从插秧到收割一百天的稻龄。"双抢"就是早稻抢收，晚稻抢种。插完早稻过"5·1"，插完晚稻过"8·1"，这是农民的农事计划时间表。

"双抢"时节，正值农历大暑节气前后，酷暑最浓，太阳最烈。稻子在强烈的日照之下已经成熟，低垂着头，在等待着农人的收割。晚稻的秧苗在一天天拔节，如同青涩之少女，在急切地等待着下嫁。

父母根据稻子的成熟程度，选择先收哪丘田，后收哪丘田。在选好一丘成熟的稻田后，父母会在天刚蒙蒙亮时，便叫醒我们兄妹几人，一人拿着一把锃亮的镰刀，去收割。这叫夏收"开镰"。

来到稻田，父亲会先点上一卷旱烟，吸上几口，再估摸着今年的产量，然后弯下腰，割下一把稻穗，在手中掂量掂量。父亲的脸上，就会流露出几丝喜悦或失落。如果稻穗分量不够，势必产量不高，父亲便会有几分失落和自责，是自己没有把田间管理好，一家日子也就会艰难一些。如果稻穗拿在手里沉甸甸，今年会有一个好收成。父亲的脸上就会露出几丝喜悦的表情。

"双抢"是辛苦活，更是体力活。那时没有收割机、犁田机、插秧机，全靠人工人力。割稻，从清晨开始到日上三竿时，父母就会喊我们收工回家吃早饭。可我们弯得腰根本直不起了，倒在田埂上好好躺一躺。有时一不小心，锋利的镰刀就会割伤手指。如果手指割伤了，父母就在田间地头扯几味草药嚼烂，敷在伤口，用布条包扎，但干活却不能停下。

扮稻，又叫扮禾。那时已有人力打稻机。父母踩打稻机扮禾，我们小孩就给父母送递"禾坨子"。打稻机在父母用尽全身力气的踩踏下，飞快地转动，发出"轰隆"的声响，如同父母超负荷地劳作，在喘着粗气。扮满一"扮桶"稻谷，父母就装满箩筐，一担一担挑到晒场上，将稻谷在如火般的烈日下暴晒。

"双抢"虽然辛苦，但也是一家人的盼望。"蝈"叫肚粘壁，秋蝉叫有饭呷。盛夏来了，知了叫了，稻子熟了，就要"双抢"了，有稻谷收了，就有饭呷了。因为，那时物质条件很艰苦，粮食产量又低，吃饭都成问题，上半年的五、六月叫"上滩月"，是青黄不接的月份，全靠父母在先年冬季让我们吃红薯节省一点口粮，以度春荒。

新稻谷一出晒场，父亲就要去碾一担新米。全家人吃几顿饱饭，那是最幸福的事了。吃新米，农村叫"尝新"。"尝新"很有仪式感。"尝新"那天清早，父母要去集上买点豆腐、肉和酒，在自家塘里网一条鱼，杀一只鸡，然后煮上一锅"新米"饭。"新米"饭很香，闻得我们流口水，父母却不让我们吃。要在堂屋摆上肉鱼鸡"三牲"，点燃几根香，敬天地，感恩大自然的馈赠。那种朴素的信仰和情感，是那么的虔诚。吃饱喝足后，"双抢"的那种疲劳和艰辛感也就忘了不少，只觉得浑身是劲，继续搞"双抢"。

犁田，是门技术活。十六七岁时，父亲就教我犁耙功夫。在父亲的竹条下，牛很听话，喊停就停，喊走就走，一抔抔泥巴翻耕得像"一封书"。而我来扶犁时，牛就不听话了，拖着一扛犁，在水田里打圈圈，还常常"发懒劲"，倒在水田里滚丞了，气得我七窍生烟，任我怎样吆喝，怎么抽它都不动。父亲告诉我，牛也通人性，它会看人所为，要摸准它的脾性。慢慢地，牛接受了我。我也学会了犁田耙田功夫。

晚稻插秧，也要在早晨或下午。中午太阳太烈，秧苗会晒死，人也受不了，容易中暑。下午，太阳偏西，父母就喊我们去下田插秧。水田里的水温至少有四十摄氏度以上，赤脚下到田里烫得受不了，但过一会儿，也就适应了。无论是收稻还是插秧，都要"全副武装"，头戴斗笠或草帽，身穿厚厚的旧布衣裤，水里蒸，上面晒，全身透湿，衣服上结出一层白白的"盐霜"。

"双抢"，开夜工是常态，起早趁黑是经常。忙完田里，又要忙晒场。稻谷晒好后还要送"公粮"。我们叫"送粮谷"。"公粮"分两种，一种叫"征"，是抵税，一种叫"购"，是国家收购，可以变成现金缴水费，去偿还购化肥农药种子的赊账，余下的粮食就自家存起来，解决全家人的温饱。

"双抢"时，若遇上一个风调雨顺的好年景，农人就轻松多了。若遇上一个旱情天，灌溉用水就是一个"脑壳痛"的事，那就要"车水"灌田。千方百计引来水源，架好水车，用一根扁担架在水车架子上，两个人坐在扁担上，用双脚有规律地踏着"车脑"，才能把水提到高岸田里。"车水"大都在晚上，有时，我车着车着，就打起了瞌睡。能好好睡上一觉，是那时最舒服的事。哪像如今，有睡睡不得，经常失眠。"天干出毒人"，因为争水，农村也经常发生吵架。有的地方还发生过组与组、村与村集体械斗。只要起了北风，北方有了闪电，父母就会喊"不要车水哒，天会下雨哒"。父母的预测比天气预报还准。

后来，我参加了工作，还经常回家帮父母搞"双抢"。后来，父亲因病英年早逝。在我的再三劝说下，母亲才没有种田了。后来，我也就再没有搞过"双抢"了。

"双抢"，是我们这一辈人永远的记忆。"双抢"，磨砺了我们这一辈人吃苦耐劳的意志和品质；"双抢"，更让我们这一辈人学会了勤劳，学会了坚韧，学会了吃苦；"双抢"，让我们这一辈人学会珍惜当下的生活。

（记于 2021 年 7 月 20 日 "双抢" 季）

本文刊发于 2021 年 8 月 11 日《衡阳晚报》副刊。

牛粪糊"禾堂"

　　《难忘曾经的"双抢"季》一文，在网络和读者中引起强烈的共鸣，有读者和网友怂恿我再写一篇关于"双抢"的前奏——"牛粪糊'禾堂'"的文章。特以为记，以飨读者和广大粉丝。

——前言

　　小暑过后，南方进入三伏天。天气一天比一天酷热，热得人们常常喘不过气来。树上的秋蝉子（知了）也来凑热闹。越是热得厉害，秋蝉子就越叫得起劲。农人们摇着蒲扇，恨不得挖个地洞钻进去歇歇凉。

　　这个季节，正是农村的"双抢"季。天气越热，田里的稻子就越成熟得快，一天比一天黄了。尽管天气热，田里的稻子必须得收割，晚稻也必须得早日插下去。早稻收迟了，稻穗容易掉谷，会造成损失，农人就会痛心。一粒粮食一滴汗。晚稻插迟了，误了季节，就会在扬花抽穗时遭遇寒露风，就会大减产。因此，天气再热，太阳再烈，也得去搞"双抢"。

　　"双抢"之前，必须要准备好晒场，乡下叫"禾堂"。那时，没有水泥路，没有水泥坪，都是泥巴"禾堂"。经过一个春天，泥巴"禾堂"上的野草正在盛夏里疯长。

　　"双抢"开镰前的一个清晨或者傍晚，赶着早晚天气凉快一点，父母带着放暑假回来的孩子，开始整理"禾堂"。割草的割草，砍柴的砍柴。父亲用锄头把草苑和树根刨光，用黄土把坑洼的地方铺平夯实，然后，让修整好的"禾堂"在烈日下暴晒，当晒得开了"眯丝"坼时，就用牛粪糊上去。乡下人叫"糊牛屎禾堂"。

那时，一个组（生产队）也就养了一两头牛。因此，牛粪也便成了"稀有资源"。谁家先去就可以多挑一两担牛粪。我们就全家出动，挑上箢箕，用上水桶，把牛粪从牛栏里挑到"禾堂"上，然后，父亲就会用水把牛粪拌稀拌匀，再用竹枝扎成的扫把，把牛粪水糊在开白坼的"禾堂"上，待"禾堂"晒干了，发白了，又再糊上一层，一般要糊三层。这样，糊出的"牛粪禾堂"就结实，晒出来的稻谷，就会干净，没有泥土和沙粒。否则，就会有杂物，碾出的米就会有沙子、泥巴，煮出的饭就会塞牙子，甚至把牙子嗑缺，而且这样的稻谷也不好卖。牛屎"禾堂"如果糊得均匀，糊得结实，不但可以保证夏收夏晒，而且秋收秋晒也还耐用。

白天，牛屎"禾堂"晒稻。傍晚，忙完了田间农活的父母，便会把稻谷

收拢成一个个谷堆子。晚上，我们搬来竹床竹椅，横七竖八地摆放在"禾堂"上，然后割来一堆艾草、野樟等草木，用干柴草引燃，没有明火，只有缕缕浓烟，这是家乡农村驱赶蚊虫最好的办法。

一股股野草焚烧的芳香，弥漫在"禾堂"的上空。母亲还要准备明天的猪潲，就趁着月色，一边陪着我们，一边剁着猪草。有节奏的剁刀声，回荡在盛夏的夜里。我们躺在竹床上，一天的疲劳也就消除了许多。我们数着天上的星星，望着东边的月亮慢慢升起来。偶尔，有几丝凉风吹来，让人感到格外的清爽。也就是在这样的时候，父母或长辈给我们讲牛郎织女和嫦娥奔月的故事，讲《三国演义》和《水浒传》里的英雄好汉，讲孔融让梨和华山救母，讲二十四孝和勤俭节约的典故，等等。一天一天，一年一年，牛屎"禾堂"成为我们这一辈人课外阅读和中国优秀传统文化熏陶的业余课堂。

如今，机械化代替了传统的农耕生产，村村组组都是水泥路，家家户户都有了水泥"禾堂"。曾经的牛屎"禾堂"早已成为了历史，成为我们这一辈人的回忆。如今，不知道家乡那些留守儿童，是否还能听到爷爷奶奶或父母给他们讲那些代代相传、口口相传的故事？

家乡的月亮圆了又缺，缺了又圆。家乡的孩子们，你们是否就像银河岸边的牛郎挑着的那一双儿女，在苦苦等待着一年一度的"七夕"？

那时，虽然条件很苦，但我们心里很甜。牛屎"禾堂"虽然很土，但年年岁岁长出新绿……

（记于 2021 年 7 月 25 日）

本文发布于 2021 年 7 月 28 日网易、新媒视点等网络平台。

衡阳酒娘

　　岁月就如一坛老酒，越是久远香味越是浓酽。日子就像一壶老酒，越是用心品鉴越是回忆绵绵。

　　衡阳县古称酃县，出美女，也出美酒。酿酒之水取于酃湖，故叫湖之酒。在历史的岁月里，她不知醉过多少英雄豪杰，醉过多少文人墨客。青梅煮酒，论的是英雄成败。辛追把酒，话的是儿女情长。酒旗招风，临街呼酒，演绎的是凡夫俗子的惬意人生。

　　于是，便有酒娘，从古风里款款走来，纤纤细腰围着青花的围裙，墨黛的发端系着一方娟秀的云锦。她飘着香，溢着甜，透着美，不知醉过多少英雄，暖过多少岁月，舞过多少翩跹。她从陌上桑走来，一脸的红润，映红了一片江南的天，香甜了多少才子佳人的衣袂和诗笺。也许，她在非遗的名目中飘来，让世人半醉半醒，不知今夕何夕，今年何年。

　　立秋刚过，灼热的阳光没有了夏日的刚烈，昼夜温差也渐渐拉大。天变得更高，云变得更淡，风变得更轻。风吹一片叶，万物已惊秋。从一片梧桐叶子落下开始，天地间的阴阳开始悄悄转换。

　　立秋，是收的开始，也是酿的伊始。立秋三日，寸草结籽。立秋有三候，一候凉风至，二候白露降，三候寒蝉鸣。

　　立秋后的家乡，便候酒曲飘香。家乡的田野，便开始变黄。经过春耕夏孕的糯稻，低下年轻时的头颅，开始慢慢成熟，在历经烈日的暴晒与灼烤，在经受暴雨的洗礼与肆虐之后，变得愈发通体金黄，饱满而结实。

家乡的女人便开始为一项重要的事情做准备。那就是为酿上几坛湖之酒采草药，做酒曲。

酒曲的好坏，直接影响酿酒的质量。酿酒的技术，可以决定一个女人在家庭里的地位。这也许是一个女人征服男人的重要手段。因为，男人大都好酒。一坛好酒，是女人们一年的成功，是男人们一生的享受。女人能酿一坛好酒，不但在家里有地位，而且在左邻右舍，十里八乡也有面子。能酿一坛好酒的女人，被大家称为"酒娘"。

第一场秋雨之后，山野田畴的草木洗去了满身的暑气，褪尽春夏的铅华。这时，能做酒曲的田皂角、铺地筋、野南瓜、金银花藤、辣叶草等草药的药性也已沉淀稳定。酒娘便挎着竹篮竹筐，到田埂、到河边、到山岭，采来一篮篮、一筐筐的草药，在刚刚涨了一场小小秋汛的溪边或河边，漂洗干净，然后，趁着秋阳翻晒晾干。

碾药捣药，是项技术活，也是项辛苦体力活。好的药粉细腻而光滑，不能靠现代机械，只能用石臼或石磨，缓缓捣，慢慢磨，急不得。

碾药与捣药的过程，往往是男人最享受的过程。女人忙得累得香汗淋漓，男人也会心疼，总想搭把手，但女人不许，嫌男人笨手笨脚，嫌男人没有耐心。男人便只好在一旁看着。一股淡淡的、悠悠的香味便弥漫了一条垅，弥漫了一条冲，也馨香了无数男人的心。这时，男人也会遐想，也许，自己的女人，就是月宫里那个捣药的玉兔下了凡，竟有几分仙气，难怪那最怕寂寞的嫦娥，也不再

寂寞，能守得住那份清冷。

草药捣碾好了，再用石磨磨上几斤粳米粉，将草药与米粉拌匀。这时，女人便开始吆喝着男人，去山泉或溪里，打来一桶清凉的泉水，把药粉与米粉慢慢调拌，然后，捏成一个又一个酒曲团子，放在秋阳秋风中慢慢晾干。酿酒，荷叶和稻草不可少。女人便从荷塘和田间把片片荷叶采撷回来，把一捆捆稻草挑回家晒干，打好捆，为酿酒做好充分准备。

九月九，酿新酒。重阳节后，当第一行大雁开始北回南归时，天气日渐清凉，漫山遍野的野菊也开始凝露傲霜。女人随手采摘几朵野菊花插在头上，系在发际。这时，男人便知道，女人要酿酒了。男人便把新收的糯谷褪去表面一层金黄的谷壳，微红温润的米衣包裹着晶莹剔透的玉体。这时的家乡糯米，就像一位待嫁的少女，被一层薄薄的红纱包住羞涩的面容。

女人架灶生火，男人淘米上甑。女人掌握火候，男人铺设酒床。灶台上的木甑热气腾腾，香气扑鼻，生火的女人脸颊绯红，秀发飘零。当糯米煮成糯米饭后，男人便开始起甑，用几个簸箩把酒料盛好，自然变凉，然后，女人便把精心制作的酒曲按比例份量洒入糯米饭中，拌和均匀。酒曲的份量决定酒的浓度与甜度，下多了，酒老且烈味重，下少了，酒淡量少，甜度不够。俗话说，蒸酒熬糖，称不得老行。掌握配比与配方，才能酿出一坛好酒，才能算得上一位真正的酒娘。

酒料上了酒床，将早已准备好的荷叶层层盖上捂严，然后盖上带着淡淡秋阳味的稻草，糯米饭在酒曲的作用下开始慢慢发酵。控制酒床的温度，是酒娘的技术活。一天两天，一夜两夜，自从糯米饭上了酒床，酒娘便像照顾新生的宝宝一样那么细心，生怕让它凉了，热了，有时夜里常常要起床看上几回，摸上几次。

时光在慢慢沉淀，岁月在悄悄发酵，日子在一天比一天香甜。酒香愈来愈浓，愈来愈醇。酒娘知道，酒床上发酵的糯米酒这时该装坛了。一坛坛新酿的糯米酒装入酒坛，用干荷叶盖好密封，再过一段时间就可以开坛了。

看着刚出坛的糯米酒，男人的口水都流了出来，忍不住想喝上一口。酒娘一脸的娇嗔，"就知道贪喝"，脸上露出了深深的酒窝，男人趁酒娘不注意，竟在她的酒窝上狠狠地亲了一口。

新酿的酒，放得愈久，香气愈浓，味道愈酽。但男人往往忍不住，总是惦记着。新酿开坛是有规矩的，不是男人想开就可以开，必须经得酒娘的允可，不到关键时候，酒娘是不会允许的。要等到家里有个生日喜庆，或者过节过年，抑或长辈发话，酒娘才搬出酒坛，撕开密封包装，然后揭开荷叶，一股浓浓的酒香扑面而来。这时，酒娘便拿个酒篓（竹篾做的滤酒的工具），往酒糟中一插，滤去酒糟的酒溢满酒坛，金黄润透，原汁原味。这没有经过加工，没有掺水的原坛酒叫"娘酒"。因古时衡阳县内有一内湖叫酃湖，酒娘酿酒皆取酃湖之水，后来便被人们叫作"湖之酒"。因"娘酒"黄中泛绿，冷艳之中不乏几分温柔，黄色中又有几分绿意，又被称为酃绿玉液。

酃湖今不在，"娘酒"年年香。衡阳的"娘酒"就像衡阳的酒娘，只可善待不可辜负。只有用心去感受她的温度，用爱去品味她的甘甜，用情去呵护她的圣洁，才能感受到她那春的艳丽，夏的热烈，秋的内敛，冬的期待。否则，她便会变酸变涩，让你上头，甚至后劲十足。

这就是衡阳的酒娘。她就像这里的"娘酒"，经世流年，时间越久，其香愈浓，用情愈真，真味愈美。

冬日，最适合品"娘酒"，特别是雨天，最适合回忆与想念。一座小院，一栋老宅，有酒娘把壶，温一壶"娘酒"，加几片生姜，犹如增添了人生的辛辣，慢慢品，浅浅酌。

唯愿时光静止，人生变老。唯愿把这故乡的风味，岁月的忆韵，酒娘的美好，定格成为人生芳华中那一抹思念……

本文刊发于 2019 年 12 月《散文选刊》下半月刊、2021 年 12 月 26 日湖南政协云、《衡阳晚报》副刊头条。

油菜花开，你缓缓归……

今年江南的春天，犹如一位多愁善感的少女。不知是读多了婉约的唐诗宋词，准备去赴央视的诗词大会，还是在忧心地球带着太阳去远方流浪，抑或是哪个不谙情愫的少年招惹了她，总是那么黛眉紧锁，泪眼婆娑，把一片人间三月天，弄得那么雨蒙蒙，湿漉漉，雾茫茫。

红尘男女的心便随之湿透，有些发潮。然而，时光流逝，如同一江春水，有几分急促，但却婉丽。季节轮回，不太分明，也多了些许薄凉与清寒。

天在下雨，我在想你。雨一直在下，有人一直在等。因为，烟雨三月最适合想念与回忆。烟雨连连绵绵，思念幽幽怨怨。想陌上何时花开，想春风丽日下你的模样，想你撑着一把伞，从烟雨薄雾中归来，想着相遇的美好，想着你如雨后彩虹般的美丽与妙曼……

只有家乡的油菜，知道你的心事，懂得你的情意，便用灿烂的妩媚，淡淡的清香，去安抚你那颗潮湿的心，描画你飞凤的眉，静待你为君来一曲律弦，感悟那痴缠三千，静看时光飞舞，风扬雨滴，摇曳成彼此心岸唯美的花开与落笔。

红尘美好，在于懂得。懂得一片烟云的飘逸，懂得一场酥雨的细语，懂得忧伤点点的可贵。因为，生命的季节，总有一些经历，起落于风风雨雨，

总有一些情感，是年华里诉不清的秘密。

烟雨之中，有油菜花开。清寒之下，有繁花一片。油菜迎风沐雨，次第开放，在完成一次生命的轮回。人生亦是如此，总在期待春暖花开，总在盼望温暖入怀，但免不了风雨的洗礼，严寒的侵袭，总有风一阵、雨一阵，山一程、水一程的经历。

于是，春之陌上，有多少期待，在等一个季节的美丽，有多少浪漫的芬芳藏在心底，有多少心手相牵，能够代替江湖相忘？又有多少繁华灿烂，能够坚守相濡以沫的平淡随意？

无关风雨，只问花事。只想陪你，去看一地繁华，去看一场花雨，哪怕为那一身三月轻烟覆了天下，哪怕是春光匆忙落幕了天涯。有多少情怀，几许清愁，在烟水中晕开。不知你，是否会撑伞走过石板桥，听轻风穿柳，听雨音成韵？不知你，是否还记得，有人在挽一段流云，把一场旧梦慢慢追忆？

有如烟的往事，在花田中晃悠，有缕缕暗香，在微微悸动，滴落在迷蒙的雨雾中，停泊在水墨的清风里，任凭那纤纤的三月烟雨，将一切思念在心间慢慢淋湿。

去年，花开正艳，你绣一笺故事，藏于眉间，然后翩然离去。你说，等到明年陌上花开，我便归矣。可如今，花开迟迟，你可会，赴约如期？

总有一些回忆，嫣然了岁月；总有一些点滴，终生挂记。半生花开，半世花落，我都会等你。如今，花开迟暮，你还会不会，依旧如故，把我的容颜珍存心底。而我，只愿你，眉眼如初，风华如昨。哪怕岁月荒芜，铅华尽洗，也只要，这一生一粥一饭的平淡；也要赴，这一年一季一场的约定。

油菜花开，虽然繁华艳丽，黄金满地，但也会芳华落幕，容颜渐枯，唯有那份真情，可以凝结成你眉间雪，可以刻成你岁月痕，可以在你我的心间，开出一片永不凋败的花季。

只要心如春天，人生就会芳香。你入我的眼，我住你的心，宛若人生初相识。

韶华不为少年留，花容只为流年许。今生为你，我愿在陌上，把流年望穿。细雨来了，我会在伞下等你；炊烟起了，我会在村头等你；夕阳下了，我会在山边等你。不管你是否还会记得，不管你是否还会回眸，我都会初心不负，都要在那石拱桥上，为你唱一曲乐府，都会在那思念的渡口，为你摆一次红尘泅渡。

你若安好，便是晴天。油菜花开，等你归来……

（记于 2019 年 3 月 4 日）

本文刊发于 2019 年 3 月 4 日网易、腾讯等网络平台。

愿做青梅为君生

君生"长干"巷，你住青梅园。郎骑竹马来，绕床弄青梅。一生如初见，只为郎君生。

——题记

江南，多雨，多旧宅，多雨巷，也多梅园。江南，不但多三月烟雨，而且多五月梅雨。

因为有雨，有雨巷，有梅园，自然就有青梅，有故事，有忆念。

往年的梅雨，一下就是好长一段时间，也许十天，也许半月，日子便有些发霉，心情就有些潮湿。可今年的梅雨，迟迟不肯来，惹得那榴花心急情炽了，惹得那新荷摇曳侧耳了，惹得那青梅欲熟还羞，有几分青涩。最忆，最念，最恋，还是那雨中的青梅，似深闺丽人，亦如青青子衿，低眉静好，浅笑向暖，胜过多少婵娟名媛。

生命的美丽，有多种多样。也许，真正的美丽与忆念，涵于青涩，秀于无邪，在于万千繁华看遍，甚至万千红颜凋谢之后，你依然是琴瑟素年，正如青梅，青青如斯，情脉款款，纤尘不染。

青梅如你，梅雨如念。你是否还记得那个天真的童年，纯洁，无邪，青涩。"郎骑竹马来，绕床弄青梅，同居长干里，两小无嫌猜。"岁月里那个青梅姑娘，忆念里那个竹马少年，是否还记得，那条雨巷，那座旧宅。是否还记得，旧宅院内那株青梅，是否还记得，两小牵手的梅园？

季节绿了又黄，花儿开了又谢，梅雨去了又来。唯有你呀，青青如风，青涩依然。岁月流淌，任梅雨去歇。经年之后，你的心，你的情，仍如青梅的容颜。梦里的笑声，伴你荡起了人生的秋千，有跌宕，有起伏，有悠然。梦里的少年，是否在为你轻轻拭去脸上那浅浅雨痕……

青梅何时青，竹马今安在。青梅留青到几时，又是一年梅雨天。你撑着一把檀木伞，伫立在雨巷，望红尘过客，觅竹马思念。你立于梅树下，一边静静地看雨，一边静静地想念。哪管梅雨湿素履，哪管斜风飘衣袂。你呀，唯愿能把满天的梅雨，化作对他的思恋。

多少回，你倚门嗅青梅，回首盼君归。一个恰若初见，一个念在心间。你的每一个深情，都是莞尔倾城的模样。你的每一个回忆，都是青青梅子的暗香。缘定青梅与竹马，谁在石板桥上弹琵琶？青梅上的雨滴呀，早已美过蒹葭露珠的诗笺。

琴瑟年华，已经化作了落在衣袖里的青梅，一生善待，今生珍惜。你的

念，是梅雨里的初见；你的眼，是"和羞走"的回眸；你的脸，是雨巷尽头依门嗅青梅的矜艳。

青春易老，牵挂难断。玲珑骰子安如豆，刻骨相思君知否？哪怕是千山万水你踏遍，千辛万苦你无言。生活就像这个梅雨季，不论生起多少的雾烟，你呀，心里始终为他留下一颗青梅。等他梅雨湿衫，等他秋千回荡，等他风花雪月，等他青丝白发，等他沧桑暮年。

你等在陌上，等在旧宅，等在梅园。你早已为他煮好一壶青梅酒，沏上一壶青梅茶，不论什么英雄成败，不论什么今生得失，不问什么江湖狼烟。只看田园山色，只赏雨中青梅，只忆过往流年，只盼青梅留青，只愿心手相牵。

梅雨薄凉，自有深情。梅子青青，自有苦酸。品一壶青梅，就是品这世间的好，品这时光的静，品这经岁的香，品这忆念的甜。

最美的回忆，最暖的温柔，最坚的誓言，不是什么三生相许，不是什么海枯石烂，而是，一生的初见，一世的情缘，纵是白发三千，也要为你青梅煮酒，慢慢酌，缓缓等……

青梅如你，你如青梅。你如这无边的梅雨天。

本文刊发布于 2019 年 5 月 13 日网易、腾讯等平台。

清明三愿

　　季节轮回，岁月无痕。有人说，一清一明一时节，一荣一枯一人生。是啊，刚刚送走迷蒙的三月烟雨，又走进了杏浓桐白的四月清明。

　　清明，既是一个时令节气，又是一个传统民俗，还是一个感恩的节日。在这个时节，看人间有多少悲欢离合，看自然有多少荣欣枯谢，看故园有多少蒿蓬草木。聚散无常，落叶安知花开日；荣枯有时，繁华终归天地间。

　　清明，也有春雨如霏，也有春光灿烂，也有风雨也有晴。"清明时节雨纷纷，路上行人欲断魂"，写尽人间的生离死别。"乡村四月闲人少，才了蚕桑又插田"，道出了清明时节的蓬勃与生机。阳光下的你，笑靥如花，似轻风拂柳，掠过水面，"是爱，是暖，是希望，你是人间四月天"，这是清明的明媚美丽与祈愿。

　　于是，清明时节，唯有三愿：一愿风清日朗，二愿身体无恙，三愿心念家园。

　　一愿风清日朗。清明，在二十四个时令节气中，上承春风下启春雨，正值清明杏花浓，一场谷雨满城花。此时，春暖花开，万物繁茂，天清地明。故有清明三候：一候桐始华，二候田鼠化为鹌，三候虹始见。意为先是白桐花开放，接着喜阴的田鼠不见了，回到了洞里，然后是雨后的天空可以见到彩虹。历来，君子以雨后彩虹而明志。

相传，大禹治水功成，正值此季，雨过天晴，一弯彩虹出现在东边蔚蓝的天际。禹持石镐，伫立岣嵝峰顶，面向东南，满山的桐花竞相开放。方圆百里的人们纷纷跪拜，高呼"清明"之语庆贺水患已除，天下太平，膜礼禹王，功垂人间。从此，人们春耕夏收，春华秋实。

同时，清明也是一个节日。始于春秋时代，晋文公重耳悼念介子推"割股充饥"的故事。重耳在介子推等人的帮助下赢得了王位，在封官时却独独忘了子推。子推携母隐居山林。晋文公后悔不已，请子推出山而被拒。子推乃孝子，文公便以火烧山，逼子推下山，然子推宁可烧死也不肯出山。自此，文公下诏，子推烧死之日，人们禁火禁烟三日，便为"寒食节"。到唐玄宗开元二十年，诏令天下，"寒食上墓"一直延续为今的清明上坟或扫墓，祭祀先人祖辈。

无论是时节也好，无论是纪念也罢，都是人们情感和希望的寄托。祈愿天地清明，人间清朗，不负清明好时节。

二愿身体无恙。清明节，是生者对逝者的追忆。岁月斑驳了过去，清明的风雨蚀了年轮，亦如人生的旅途，有惊鸿一瞥，彩虹东升，也有落寞一生，终老于野。旧时的风月，湮没了几多往事，红尘过客，皆如空谷繁华，亦如这四月的落花，又怎经得起风雨的摇曳，终将化为点点红泥。

人的一生，唯健康珍贵，唯身体无恙，方不负这人间四月天。曾经的迷离四月，曾经的拈花清明，如无身体健康，若无心身安然，什么钱权富贵，什么花容月貌，都如同过眼云烟。执念太多，放下举起皆是错；平淡一生，一花一草皆为景。唐寅《桃花庵歌》云："世人笑我忒疯癫，我笑世人看不穿，不见五陵豪杰墓，无花无酒锄作田。"红楼梦《好了歌》亦云："古今将相在何方？荒冢一堆草没了。"唯有心态健康，身体无恙，才是人生之幸事，才是生活之幸福。

人生看淡，一日三餐，试看渔樵。渔翁得鱼，心满足。樵夫得樵，笑眉舒。一个收竿，一个收斧，乃人生最高境界。闲来品茗思香，静待花开花落，清淡的日子，才能真正明媚人生的四季。

三愿心念故园。清明，问祖寻根，是血脉的延续，是责任的传承。不忘初心，方得始终。无论你身在何处，人在何地，都要清明回乡祭祖，都想看一看自己的根脉所在，都想温一温血脉的温度，为祖坟拔一拔杂草，添一撮新土，插几根幌条，把思念追忆。回老宅看看，摸摸腐蚀的门楣，扫扫荒芜的院子，总想把根记住，把思念拴牢。也许，这就是清明的仪式与情感的交织。

然而，清明也冷，烟火易寒。有许多离别家园、漂泊他乡的归人，回到曾经生活的地方，心中便多了几许苍凉，添了几许伤感。如今的家园，已经草木疯长。昔日的灶头，烟火难生，心念微凉。因为，家园也是自己人生的根、生命的源。一年一次的回家，一年一次的清扫，又如何能抵挡草木般疯长的乡愁，又如何能整理人生的思绪，又怎能解开心头那乡愁的情结。

又是清明时，你呀，是否还记得，曾经母亲做的艾叶粑是那么的香甜，曾经父亲的农具，为你耕耘了一个又一个春天。曾经的灶台烟火，虽然微暗，却是那么的依依恋恋……

可如今，也许你一个转身，又要离别。唯愿你呀，心中有根，心念故园。只有如此，你心灵的家园，才不会荒芜，你的人生四季，才会生机盎然。

剪一缕清明的阳光，温婉你生命的春天，淡看岁月，一路向暖，丰盈华年……

（记于 2019 年 4 月 2 日清明节前）

本文刊发于 2019 年 4 月 2 日看点快报。

乡村干部日志

　　昨日大雪，按农村二十四个节气，这时已经进入了寒冬。在湘南的农村已是冬闲时季。村民们在这个时节里一般是围着火炉，唠唠家常，聊聊里短，打打小牌，抿几口小酒。

　　但是，今年的秋天来得迟，冬季也自然来得晚。已是大雪节气，但暖阳高照，风也不是很凉，这在冬季，算是好天气。

　　几天前，下了一场小雨，田里地头的油菜长得寡绿，农人们种的白菜、萝卜、大蒜、菠菜等小菜也在疯长。

　　清晨，天刚麻麻亮，村书记的堂客就在喊："老李，要起床哒！帮我到院子里搭几个架子，我好刮红薯片子了。"

　　书记的堂客很勤劳，很能干，也很善良，就是脾气不嘛好，嘴巴子不饶人。自从嫁到书记家就一天也没闲过。一家老少穿衣吃饭，喂猪打狗，洗衣浆衫，田里土里，都是她在操心劳力。

　　生养的一儿一女也培养得有出息，一家出了两个大学生，这在村里是件能够在村人面前直得腰、讲得起话的骄傲事。当她听到乡人羡慕的话，心里就像三伏天吃了冰西瓜，三九天喝了湖之酒，好舒服，好受用。

　　书记迷迷糊糊听见堂客在喊，睡意未尽，打几个呵欠，从床头摸出一支"黄芙"烟点上，深深地"唆"上几口，脑壳里还是昨天的情景。

昨天，县里文化部门、卫生部门组织"文化卫生"下乡活动，在村里的广场上搞文艺演出，搞送药义诊。他在接到县里和镇里通知后，扎实准备了一个星期。这在咯样偏远的山旮旯村里也是几十年难遇。因此，他组织村里几个干部、和一批男男女女、老头老太，把村广场卫生搞得干干净净，还用水洗了几遍，生怕干部来了，"驱光"的皮鞋沾泥巴灰，生怕城里的明星嫌乡下邋遢。不但村部和广场卫生要搞好，村道组道、家家户户、各个屋场的卫生都要搞好。

　　书记还从堂客梳妆台上拿了一瓶香水，把村部的卫生间洒喷了一遍。香水是女儿买给娘老子用的法国香水，据说蛮贵。平时，堂客舍不得用，只有等"行家"或者老俩口做那事时才用，每次也只是滴两三滴。咯一次一喷就洒了大半瓶。喷完后，书记心里又有些怕堂客骂，但又一想，只要县里镇里干部满意就好。

　　为了搞好接待，他和村里几个干部商量，在村里选几个年轻一点、模样好一点的媳妇来倒倒茶，要让客人真真感到"山沟里可以有金凤凰"。

　　昨天，县里来的人很多，起码有上百号人。有演出的城里明星，有县医院的医生护士，有县镇里的大小干部。按照分工，村干部各负其责，他的重点是接待陪同县里来的领导。

　　咯样的场面，在村里还是第一次。因为，村里提前逐家逐户发了通知，打了招呼，村里几个喇叭也连续广播了几天。村民吃完早饭就都陆陆续续来到了广场，那架势就像赶场一样。他的心里有几分得意，还是我这个村书记当得有能耐吧，能让村里在短短几年里修通村道组道，建好村部，建好广场，能让村民开眼界见大场面。但他也有几分紧张，咯大的场合千万莫出"么蛾子"。因为村里有几个老上访户，尽管通过扶贫攻坚已经脱贫，已经息访，自己也确实为他们解决了不少困难，但总担心他们"人心不满足"，在这个关键时刻出来捣乱。但他还是不放心，事先安排几个人暗中观察，掌握动态，如发现风吹草动，立即向他反映。

　　上午9点不到，县里各路人马汇聚广场。先是县领导讲话，宣布活动开始，紧接着演出开场，义诊也同时进行。书记忙前忙后，兜里揣着几包"黄芙王"，见了县里来的就递上一根烟。烟是他儿子中秋节回家买给父亲抽的。现在村里实行零招待，这个规矩，他懂。儿子孝敬他，他舍不得抽，农村有句俗话："烟酒待人客。"

县乡领导讲完话，就告辞了。离开时，对他进行了表扬，"搞得好，人气旺，乡村振兴就是要有你这样的带头人。"他听了，很是激动。领导离开了，他也轻松了许多，紧绷的神经松了下来，便掏出一根烟，惬意地吸上几口。

这时，台上的一位县城女明星正在演唱王琪的《送亲》。"你家门前的山坡上，又开满了野花，多想摘一朵，戴在你乌黑的头发。""原来以为，我们是一根藤上的两个瓜，瓜熟蒂落，你却落进墙外的繁华"……

这声音，似曾相识，这歌曲，泛起回忆。

那年，他高中毕业，成绩本来优秀，因为失误，以一分之差与大学擦肩而过。本想复读，但因家里太穷，他不得不放弃，独自一人踏上南下的征途，外出打工。她是他的同学，模样俊俏，嗓子很亮，声音很甜，特别是她笑起来的样子很好看。她曾悄悄告诉他，想考音乐学院。他们约定，大学毕业后牵手成家。然后，也是因为穷，高三第二学期，她没来了，也没了音讯。后来，因为高考失利落榜，因为要打工挣钱，他便与同学失去了联系。许多年后，他有了积蓄，经媒人介绍，他找了现在的堂客，也是个高中毕业生，也是因为家里太穷，让弟弟上学，自己放弃了上大学。

时光是最好的镇定剂。他通过多年的打拼，有了温暖的家，有了自己的成功与幸福。但，村里还是落后，还是穷。几年前，村里几个老党员找到他，要他回来，要他来当村书记。他先是犹豫，也怕堂客反对，就征求堂客的意见，堂客一听，开玩笑说："你是想过把官瘾吧。"他说："那不是官，那是干事，帮父老乡村干点实事，我是想我们过去的穷日子苦日子过怕了，想让乡亲们日子过得舒坦一些，生活过得幸福一点。"堂客说："如果你当书记哒，我把村里的那口印章劈成两半，你拿一半，我管一半，莫得你去讨好那些漂亮堂客，莫得你去胡乱办事。"他"嘿嘿"地笑，"堂客厉害！要得！要得！"

堂客说归说，心里还是蛮支持他的。现在儿女都有工作都成家了，自家多年在外打拼也有了一些积存积蓄，房子也修建好了。一家不愁吃不愁穿，为乡里乡亲做点事，操点心也应该。

就这样，在堂客的支持下，在党员的支持下，在乡亲们的支持下，他当了村书记。

咯村书记一当，就像个脱产干部哒，一天到夜在外头，不是乡里开会，就是县里找人，不是去调处矛盾纠纷，就是搞基础设施建设。堂客是个闲不住的人，搬田作土，种菜养鱼，样样都想要去做。

书记坐在床头，一边吸着烟，一边想着昨天的事。烟雾里全是昨天上午的情景。堂客早已在院子里忙碌，喊了他几遍起床来帮忙，他却没听见。

他认出来了，那个唱《送亲》的演员就是他的那个女同学。尽管岁月给她的人生增添了沧桑，但昔日的模样还是隐约可见。她也认出了他。没有过多的问候与寒暄，只是相互问了一声对方"这些年来，你还好吗？"只是相互回答一声"好！好！"

刚抽完一根烟，准备起床，趁早帮堂客去搭把手。

突然，手机铃声响了。是镇里包村干部打来的，说省里乡村振兴考核组抽签抽到了这个村，要到村里现场考核，还说党建考核组过几天也要来考核，还安排了打新冠疫苗的任务，还安排了森林防火，还在催村民医保筹资进度……

书记一边听电话，一边说"好，好，落实，落实。"对方挂断了电话，他立马穿衣下床，从井里打了盆水，洗了一把脸，嗽了一下牙，顺手从堂客刮薯片子的铁锅里拿上两只熟红薯，又离开了家。

堂客在院子里喊："你去咯早干吗咯？人家的堂客还冇起床哩。"一边喊，一边麻利地干活。

这时，有一轮红日从东方冉冉升起，冬天的朝霞，映红了半边天，映红了堂客的脸，也映红了这个小山村……

（记于 2021 年 12 月 8 日）

家乡的晚秋

空山新雨后，天气晚来秋。一场秋雨过后，天高云淡，有野菊已露芳华，有秋水更加幽蓝。秋深露重的晚秋，犹如一位骨感美人，清瘦是她的身段，轻寒是她的冷艳。正是因为她的瘦，才有一个诗意的名字，叫"秋水伊人"。

有人说，晚秋是属于思念和等待的季节。思念，在秋风里发酵；等待，在秋雨里踟蹰。河滩上的芦苇已经开始飘絮，在秋风里诉说着千百年前的"关关雎鸠"。蒹葭苍苍，白露为霜，有位伊人，在水一方。晚秋，在《诗经》里款款走来，千年不老，年年依旧。

"春花秋月何时了，往事知多少"，是对故国家园的深深思念与回忆。"雁字回时，月满西楼"，是对离人亲人的呼唤与等待。晚秋，有多少离人在等待。在等菊绽黄华，在等雁字归来。有多少牵挂在心间，在望穿秋水，在采菊煮茗。

晚秋，天在渐渐变凉，有人在静静想你。思念，如同那秋水，在一天天变瘦；目光，如同那寒烟，在慢慢拉长。晚秋，一半是薄凉，一半是温暖。回忆在晚秋里的人儿，总会在不经意间，有几滴思念的泪水，在腮边滴落成露，凝结成霜。

想念与等待，是晚秋的心事。七月流火，九月授衣。千百年前，那个叫孟姜女的伊人，她等在家乡的那条小河边，等在晚秋入冬的路口边。哪怕是她，等得春花飘雪，秋叶落黄，秋水望穿，也没能等到她的心上人的归期。于是，她便以思念为丝，以期盼为线，在寒露霜重的季节，把温暖缝进寒衣，把思念装进行囊，在晚秋的时节，去寻找她思念归宿的终点。思念没有找回，眼泪却把季节一路染红，就连磐石也没能挡住她思念的潮水，坚硬的城墙被她的泪水冲垮了一段。

晚秋，将枫叶燃烧成血红的相思。红叶题诗，在秋水里漂曳，也不知是否在某个地方搁浅。在水一方的伊人，能否等来思念的诗笺。心若在，念就在，等就在，哪怕云水迢迢，云海茫茫，也要将思念与等待，燃烧成这枫叶与杏黄的颜色，只为在这冰霜薄凉的季节里，为你许下几份温暖和依恋。

如今，秋已深，霜露寒，雁南归，菊绽黄。家乡的枫叶已经红遍，正如远方人儿熟透的思念。你是否在异乡的晚秋里遥望家乡，在想着那一双望穿秋水的眼。家乡，有人在为你，煮一壶菊花酒，题一首枫叶诗，独坐在这寒瘦的季节，等你共饮一盏家乡的菊花茶，等你共赏家乡的一季艳……

其实，晚秋更是属于飘香和收藏的季节。把思念收起，把菊花插髻，把

当下日子赶紧晒起，便有阵阵馥香浮现。

晒秋，是乡下的一道风景。农家小院，门楣柱梁，串串红红的辣椒，系在晚秋的发端。篾筛、竹箕、竹网摆满了晒场，摆上矮墙或瓦面。豆子、花生、芝麻、栗子，红的、黄的、白的、黑的，农人一年的收获在晚秋里晒着，晒出晚秋的心愿。

秋阳不烈，秋风冷冽，最是适合茶籽的晾晒。寒露过后，满山的茶果挂满枝头。在秋阳的映照下，酽然待嫁的新娘，红润通透，羞脸低掩。采摘后的茶果，一筐筐，一担担，从茶山送到晒场，开始晒秋。茶果经不住晚秋的等待，裂开了嘴，敞开了怀，将一颗初心，在晚秋时节与君面见。

这时，山下的老榨油房里便开始忙碌起来。茶籽壳和枯茶枝是炒茶籽的最好燃料，既耐燃，又散发出阵阵香味。炉火很旺，茶烟很香。把茶籽炒熟碾粉上榨，男人娴熟地操作着传统工艺。金黄剔透的茶油像一根根金丝流了出来。男人接上第一碗茶油交给女人，便把一年四季的日子也交给了女人。

女人开始生火做饭，开始杀鸡剖鱼，用茶油调味生活。这是大自然的馈赠，也是他们享受一年辛勤劳作后的惬意。于是，这个晚秋便愈发香了起来，香在一个秋天的最深里，也香在男人女人的心窝里，香了一年三百六十五天。

把家乡装进行囊中，把思念与等待系在心里，凝一眸秋水，沾一缕秋风，望一眼秋色，留一份清欢，哪怕秋水再瘦，等待再长，思念再绵，那一泓秋水，一屏秋山，一颗素心，便是人生的最美，最香，最艳。

因为想念，温暖相随；因为等待，一切美好。一脉秋水，沧桑了季节；一滴秋露，清凉了流年；一缕茶香，温馨了岁月。懂你的人，一直都在等你，就像这晚秋，今年别了，明年还会再来，今天错过了，下次还会遇见……

（记于2018年季秋）

本文刊发于 2018 年 11 月 1 日一点资讯、2021 年 10 月 21 日《衡阳晚报》副刊头条、2021 年 11 月 14 日《韶关日报》副刊。

台源贞节牌坊，你在无声唱"上邪"

生命的途中，如梦似幻，有喜有悲，有温暖也有凄凉。总有一些年华，是岁月里的美好，美着美着，就随风成了回忆。总有一些心事，是人生中无法言表的伤痛，痛着痛着，就演变成了生命里的歌谣。

那些美好幸福的流年，一转眼，就成了堂前那冰冷的石坊，如同一段隔墙，把你的心与外面缤纷的世界，彻底隔开。于是，你在牌坊里头。有花，有柳，有日丽，全在牌坊的外头。

在衡阳县台源镇柳树村，就有一座已有百年历史的贞节牌坊。也许，这是中国历史上最后一批，也是衡阳县仅存一处的贞节牌坊。这里，原来是廖氏望族的一个祖堂（祠堂），牌坊就立在祖堂的正前方。可见，她在一个地方，一个家庭中的分量。

如今，祖堂在历史的某一天，悄然坍塌。残缺的石柱石墩，或长满了青苔，或静静湮没在泥土之中，似乎在诉说着曾经的繁华与荣耀。

唯有堂前的那一方贞节牌坊，任凭风雨侵蚀，依然百年不倒。正中石匾上，"节励松筠"四个苍劲有力的石刻字迹，依然清晰可见。拭去牌坊上历史的尘埃，寻找牌坊背后的故事。牌坊，如同她的主人，坚强地立于孤野，犹如一位深情女子，在那杨柳风中，一唱三叹，咏无声之"上邪"。

这座牌坊，建于民国十年（1921），是为当地一名节妇廖黄氏所立。

你是黄姓大户人家的一名闺秀，他是廖氏家族的一名少爷。那时，你正值豆蔻年华，他正是锦衣素年。你知书达礼，善琴棋书画，精女红刺绣。他风度翩翩，风流倜傥。也许，你们是门当户对，媒妁之言，也许，你们是同窗相识，心心相印。一段美满姻缘，一对才子佳人。

后来，他对你说，他要去外面闯天下。你依在他的怀里，呢喃地回答，美眷如花也抵不过似水年华，男人就该执剑走天涯。

你送他到村前的那座石拱桥上，那棵老柳树下。青衣初试柳芽黄，谁家青苔爬满墙，谁家春风绿了窗。你说，去吧，你唇上温润的笑容，是我心中的安暖。他说，今生为你，我愿用牵挂把流年望穿。

从此，云天外，暮色中，你遥望他离开的方向，等候他的点点讯息，盼望他的鸿雁传书，识得他的笔迹，听得他的声音，梦得他的模样。笔墨在春夜里模糊了心事，心事在冬夜里温暖了心房。

有人说他加入了革命党，参加了辛亥革命，加入了同盟会。你说，不管他怎样，你都信。因为，今生的你，就是为他而来。你要为他灯明三千，你要为他相思满怀。白天，你侍奉公婆，抚育儿女，管理家事。夜晚，你倚窗思念，浅墨情深，回忆着三生石畔的诺言。片片素笺，无字无

言，默念心间。

二十岁那年，你等来的，是他病逝的噩耗。从此，你的天空，开始飘着雨，就像梨花舞，点点滴滴都是泪。三月梨花铺满路，你在心里，为他唱一曲乐府："上邪，我欲与君相知，长命无绝衰。山无棱，江水为竭。冬雷震震，夏雨雪。天地合，乃敢与君绝。"

从此，一夜落花，消瘦了你的容颜；一生的等待，荒芜了你的思念。日日夜夜，月月年年，忘不掉曾经的旧事，你独自在心里，许一个执手相牵的祈愿：死生契阔，不离不弃。

苦不苦，放下皆尘念。念不念，棠梨煎雪烟。你在擦拭琴上泪，陌上清风也枯萎。就这样，你嫁衣如火，灼伤了谁的眼。你眉间的朱砂也不再红艳，你唱的那一首"上邪"，他从此再也听不见。

多少年后，你的嫁衣，仍比桃花艳。你的青春，你的容颜，怎抵得过似水流年，你启唇还在唱"上邪"。一个叫徐世昌的民国大总统，亲自为你提毫泼墨，把你的初心与思念，刻在了冰冷的牌坊石匾。

如今，冰冷的石牌，依然暗红如血，在饮露自叹。人们投向你的目光，不知是在揣摩你的情感，还是在诅咒一个时代。情，真的就这么凉？名，真的就是那么重？

不知是你为情所困，为爱所累，还是时代的枷锁把你禁锢，或者是"存天理，灭人性"的思想把你麻醉？那一方牌坊，也许既是你情感节操的精神圣地，又是你青春年华的无字墓碑。

牌坊孤野立，心事渐渐深。红尘皆过客，何人忆旧年？谁能让你，回眸一眼诉忆念？谁人能听，你轻启红唇唱"上邪"？是情是悔，是叹是怨，或喜或悲，或是或非，任由后人说……

（记于 2019 年 4 月 8 日）

本文刊发于 2019 年 4 月 9 日腾讯网。

板市：一个关于红尘客栈的故事

　　一条古驿道，一湾杉旭河，一座石板桥，一口金乌井，一段古街巷，构成了这里古拙古朴古风的写生。

　　古道的尽头是天涯，红尘的故事叫牵挂。红尘的故事，总是那么的伤感，又是那么的温暖。古道驿站的别离，古巷深处的美丽，便成了这里人们心中永恒的记忆。

　　这里叫板桥，曾是衡宝（衡阳至宝庆）和零长（零陵至长沙）古道上的一个驿站。一条宽不过几丈的杉旭河，自北向南流入湘江。旧时，人们便在河上搭一木桥，因用木板而建，故名"板桥"。也不知何年何日何人改木桥为石板桥，桥上建有凉亭，供过往行人歇息。

　　岁月，斑驳了历史，沧桑了流年；红尘，湮没了古道，扬起了云烟。因为一个驿站，便有了一家家的商铺和客栈，便有了石板街巷，便有了集市，因此，又叫"板市"。

　　这里，一头是灯火阑珊的古城衡州，一头是西风漫道，是夕阳西下的天涯尽头。同时，这里也是古道西风中每一个行人过客小憩的地方。曾经有多少离人，在这里，等待着前方战事的快报，等待着远方归人的讯息，等待着久别重逢的欢喜，等待着一场场春花秋月却是伤感的愁绪。

　　旧事的风花雪月，湮灭了几多往事。前朝的古曲悠扬，携着桃花酿，在黛瓦白墙内的木栅客栈里悄悄窖藏。酒香幽淡，檐雨如诉。行走在窄窄的雨巷，撑一把油纸伞，却临摹不出这里旧时的模样。

街巷的中心，有一古朴的凉亭，又称路亭抑或义茶亭，当地人称为"中街亭"，相传为供路人歇息之用。在这里，不知演绎了多少郑愁予般的江南"错误"。

你从这条古道走过，那等在季节里的容颜，如莲花开落。东风不来，小河两岸的三月柳絮不飞。在这红尘的客栈，总有一颗心，如小小寂寞的城，恰若青石的古巷向晚；跫音不响，三月的春帷不揭，那个人儿的心啊，犹如客栈那小小的花格子窗扉，是否紧闭？你嗒嗒的马蹄，是她心中美丽的跫音。而于你，也许那是一个美丽的错误。因为，他不是归人，而是一个匆匆过客，抑或就是一个神话。

人生，或许就是一场不断的相遇与别离。他从最深的红尘中走来，从天涯的古道走来，只为，在这古旧的木楼上，看一场消逝的春花秋月，或者雁字南飞；只为，在那乱世繁华，为你倾尽天下，或者为你感念卸甲，共采蒹葭。

你就是那古街上一家客栈的老板娘，他是一位路过这里赴京赶考的穷书生。他的书声，叫醒了古街两岸的三月杨柳，让你一不小心就喜欢了世世年年。

他离开这里时，你将自己多年的积蓄倾囊相助。他临别时，一步三回首泪眼婆娑。从此后，你日夜思念，阡陌红尘，清风细雨，可否许你，春暖花开，墨染流年。

从此，他为天涯，你为海角，他为清泉，你为明月。三生华发，一生牵挂。客栈回廊上的红烛灯笼，夜夜为他亮着。一把孤琴，幽幽而鸣，只为在等一人。春花落尽，秋水望断，风吹门环，过尽千骑。不知是他的一句戏言，还是他临别时那一个回顾，让你，依然等在这红尘的客栈，等在那古巷的深处。你说，纵然他落第病枯，纵然他万劫不复，你也要在这里，等他眉眼如初，岁月如故。

怀一世眷恋入梦，恋一人相思入心。时间，摇落了春的容颜，经历了秋的风霜。也不知多少年后，你终于在梦里，与他再现一场残花的相逢。在古巷尽头，在板桥之上，抑或是在你的红尘客栈。

他告诉你，他本是一羽来自东方太阳的青鸟，名曰"金乌"，原先只知道，天下熙熙皆为名，地下攘攘皆为利。可怎知，天下竟有你这样奇女，淡名泊利只为情。只可惜，天上人间，两情不能长相依，空负了你一片相思意。同时，他还告诉你，这里将大旱三年，让你在客栈院外不远处，掘一水井，有清泉不息。以此，感念你红尘一眷顾，还你俗世一清泉。尔后，他沿古道飘然而去。梦醒时，你的枕边已是泪痕点点。

你按照他的话，在古街的旁边，当真发现了一泓清泉，于是掘土为井，名曰"金乌井"。这里，果真三年连旱，塘河干涸，七里八乡全靠此井得以生存，度过了劫难。

相思成灾，清泉照影。这世上，最让人惆怅的事，莫过于曾经经历的锦瑟年华，却被思念绊绕了流年。从此，每日每年，你都要循着他从前的路，在这条古街来来回回。风还在吹，水还在流，你却再也找不到心里梦里他的模样。天地迢遥，山长水渺，在你的心中，仿佛他又从未离去，梦想着偶然有一天能再相见。

红尘漫漫，埋葬了谁深深的眷恋？一卷雨帘，扰乱了谁的一生情殇？一曲琴音，幽怨了谁多情的眼眸？

你想他时，他在天边；他想你时，你在井前。宁愿相信前世有约，宁愿用一生去等他再见。多少季古巷烟雨微茫，多少回古道西风瘦马。人们再见你时，你总是伞掩霓裳，你的红尘客栈，也从此紧闭门楣。

于是，你每天清晨，去金乌井里汲水煮茶，放到古街中心的凉亭让古道过客，驿站行人，解乏止渴。从此，路亭便被人们称为"义茶亭"。

凉亭在岁月风雨中沧桑，你在这条古街上，把记忆捂得渐渐发黄。如若不曾相遇，何苦要用相思煎茶；如若无缘相守，如何又在这古道邂逅。红尘之中，不知谁是谁的过客，谁又是谁的归人？

岁月在不断地变迁，我们只能用心去感知那一份历史的传奇，那一个"错误"的美丽。如今，这个古道上的街市，有新鲜的颜色，从石板的巷陌深处款款飘来。河岸的石缝间开出的花朵，仿佛带着悠远历史的气息。几处芭蕉，随风律动，宛如穿越千年时空。红尘客栈的那位伊人，和她牵挂的那位书生，执过手又松开，最终被一泓纯洁的金乌清泉世代延绵。

有年轻的情侣打伞走过古巷凉亭，古街也就年轻温柔了起来。我看见，有一位沧桑老人，坐在木栅式的铺门门槛上，正在为她的老伴缝补着衣衫，粗走的针线难见往日的细密。她低着头，面前的繁华热闹似乎与她无关，就是偶尔一抬头，还是看向坐在旁边打盹的老伴。这一对老人，用一生的坚守，品味着古道的时光，品味曾经的依恋和如今的暮年。

古巷向前，古亭向晚。这世间，可以想象，他们曾经相依相牵，他们也曾细数流年，他们相互撑扶，将又一帧美丽的背影刻进了古街的深处。也许，这正是曾经那个红尘客栈的老板娘一生追求的夙愿。

只要思念如旧，岁月就会芬芳；只要期待入心，生活就会温婉。因为，那个人，那份情，那口井，那泓清泉，那份历史的记忆，永远留在这条古街，始终不曾走远……

（记于 2019 年 7 月 3 日）

本文收录于 2019 年衡阳县委统战部《同心庆祝中华人民共和国成立 70 周年》文集，刊发于 2020 年 2 月 17 日腾讯、网易、乡村旅游网。

倩女离魂，惊艳了九渡历史的天空

湘江悠悠，流淌在历史的长河，日夜诉说着曾经的风雨岁月。古渡沧桑，静卧在流年的季节里，惯看多少春花秋月的浪漫和那云水渺渺的朦胧。

这里叫九渡，是湘江西岸的一个古渡口。因为，上溯樟木寺，下至衡山萱洲渡，皆为九里，故称九渡。九渡很小，只能供来往湘江两岸过客渡江，曾因渡成铺，又称九渡铺，是旧时衡州通往湘潭、长沙的一个驿站。

这里，曾经发生过一个旷世美丽的传奇，那就是倩女离魂的故事。据唐人张玄佑《倩女离魂》记载，有河北清河郡人张镒，生有二女，长女夭折，次女名倩女，被视为掌上明珠。张家曾在清河郡时，与一王姓挚友为女儿指腹为婚。王家之子名文举，长得眉清目秀，天资聪慧。倩女与文举，可谓青梅竹马，两小无猜。

武则天天授三年，张镒调任衡州为官，倩女随父母南迁衡州。从此，二人天各一方。后来，王家家道没落，父母双亡，文举在穷困中长大成人，便南下提亲。当张家得知文举来投，便以"张家三代不嫁白衣秀才"，只有等王文举考取进士之后才能成婚为由，欲悔婚约。然，倩女痴情，忧思成疾，一病不起。在文举乘舟离衡赴长安应试夜泊九渡铺的那天晚上，倩女离魂在樟木九渡渡口追上郎君，伴君赴长安，演绎了一个灵魂伴君旁，身卧病榻上的离奇故事。这一故事，后被元代著名戏剧家郑光祖改编为杂剧《迷青琐倩女离魂》，与《西厢记》《拜月亭》《墙头马上》并称为元代"四大爱情剧"。

历史的深处，往往有太多的传奇。站在湘江岸边的九渡，看江水蔚蓝，听江风浅唱，任思绪飞扬。时光，仿佛穿越到了那个唐风元曲的年代。有盛唐的古风，从远方轻轻而来，有元曲的戏腔，或短或长。那江水，那江风，似乎在吟唱着一位古代奇女的缱绻痴情。有江水汤汤，在轻抚着彼岸；有檀板声声，在敲打着历史的梵音。有一位古典倩女，在用相思的病躯，抗争门当户对、嫌贫爱富的世俗炎凉，在用情感的灵魂，追随爱的脚步，释放情的力量。

清河的明月，映照你俩年少的往事。一个是那么的天真，一个是多么的无邪。一个是月下婵娟，一个是梦里少年。

曾记否，那一年，长街春意浓。她莲步摇曳，素裳轻飘。你与她同游如柳烟雨。檐下躲雨，你为她轻拭腮边胭脂红，轻掸罗裳湿。她那春水般的双眸，宛如二月春光，又如三月轻风，吹过暗香，朦胧了你那初开的情怀。一时心头悸动，似她温柔过处，翩若惊鸿。最美，不是清河城外三月的雨天，而是那与她躲雨的屋檐。

你撑伞拥她入怀中，她眼里有柔情千万种。她的纤纤身肢，犹如那三月的无力杨柳。城楼的阑珊灯火，映照她如画颜容，宛如豆蔻枝头初开，既怯还羞。她借你的怀抱，留下一抹红唇，在你少年的情怀里，打上了一个鲜红的烙印。

后来，她的父亲被调到衡州为官。她离开故乡，离开那个心中最美的情郎。那一天，清河的细雨也缠绵，清河的微风也伤感。双方父母离别的叮嘱，依然在耳边：再等几年，你俩就可共婵娟。她呀，等那饯行的酒尚未温好，离别的泪还正热，为你，弹一曲古筝。筝声，弹出牵挂。双眸，扬起了风沙。云烟成雨，她多想再看你一眼，哪怕匆匆一眼成思念。从此后，你在天之北，她在天之南。她思成茧，你念如丝，日夜相思染流年。

一别就是好多年，一等就是多少季节多少天。她的心好乱，庭前树上的喜鹊却叫得那么欢。莫不是，想起那年伞下你俩轻拥，檐下怀抱多温存？莫不是，梦里思君要实现？

你来了，来衡州省亲。你的神形有些憔悴，你的颜容有些狼狈。因为，由于父母双亡，家道中落，你已不再是风流倜傥的白衣公子，你如今只是一个落魄书生。你呀，只想来这陌生的地方，看一看，曾经那张熟悉的笑靥，是否依然无邪如故；问一问，曾经那份悸动的心旗，是否还会微微摇动。

你的心中，早已没有曾经的期望，你把结局早已料定。她的母亲，曾经的笑容已成浮云。而你，没有惊讶，倒是显得那么的淡定。这一次，千里迢迢，水陆兼程，日月星辰，只为能再见她，眉眼是否如初，温情是否如故，哪怕匆匆一眼，也能慰藉你的余念。

古筝生了尘，心里中了蛊，西风吹破小窗牍。因为知道母亲要悔婚，她便一病不起，从此相思染了疾。

那一夜，秋风凉凉，夜色凉凉，心事凉凉。你用一壶浊酒，浇湿了你的青衫。你面颊上的点点泪痕，在秋水长天里，凝露成了寒。你乘着一叶小舟，告别了衡州，告别倩女，从湘江北上，去那长安，只等来年秋季科考。你要用十年寒窗，许她富贵荣华；你要用那片初心，换她青丝白发。

夜泊九渡，任那江风吹乱你的头发，任那水鸟缭乱你的思绪。似此星辰非昨夜，为谁风露立孤舟。小舟飘零，残烛垂泪。你素手研墨，笔下情字都零乱，一笔一画，难描世态炎凉，一点一钩，难书人情冷暖。

时至半夜，你忽闻岸上，一声"文郎，我来随你。"那么熟悉的声音，如同天籁，亦如梦幻，在这寂静的江面上幽幽怨怨。你搁笔起身，立于舟头，只见岸上，她素衣袅袅，飘上了小船。她说，等你很苦，但不曾辜负。从此后，长夜我陪你，天涯我相随，不问你今生落魄与富贵，也莫问今生错与对，亦不言红尘是与非，都要与你永相随。

时光凝住，江水停息。你如同那次清河檐下，拥她入怀。秋风盈袖痴几许，相思可寄云水天。为君一念，生命不顾，灵魂离身淡眉目。四目轻垂，未语先泣，玲珑骰子，相思已入骨。因为，她要许你三冬暖，她要许你春不寒，她要许你情切骨。你呀你，怎知是她游魂追随你，生怕你此去经年，再也寻不到她的美。

你在长安那边，红袖添香，灵魂相伴，安暖相陪。你书天下，她研浓墨，十年寒窗凝笔尖，字字句句如珠连。于是，长安城里，才子佳人，花好月圆。她在衡州这边，相思染疾无良药，日夜倚窗望归雁。

多少季鸿雁南北往，多少季梦里思双亲。万水隔千山，衡州雁声断。病榻之上的她，不知怎模样。还在衡州的双亲，如今可安好。三年后，你和她，伴那南归雁，回到衡州，回到那个灵魂出走的地方。一声"爹娘，我回来了"，把她的父母惊得失了神，丢了魂。明明女儿卧在病榻，怎有倩女远道归家。那个病榻上的她，那个离魂伴君的她，于是合二为一，成全了一段倩女离魂的千古佳话。

一片世凉，满地离伤。一份温情，许了素年。一枕相思尘缘惹，一世痴情为君伴。也许，倩女的痴情，温婉了历史的岁月；倩女的灵魂，惊艳了旧时的光阴。一首唐代情歌，幽了谁的思？一片长安明月，绕了谁的念？也不知，倩女那一丝灵魂的浅笑，到底迷离了多少世人的梦幻？

（记于 2019 年 8 月 14 日）

本文刊发于 2019 年 8 月 17 日湖湘文旅、搜狐网。

渣江提梁卣，盛一瓢人间烟火只为你

　　渣江，历史悠久，文化厚重。20 世纪 80 年代，在这里一个叫赤石岭上的小鸡坪，出土了一件国家级文物——春秋时代的提梁卣，就是渣江历史与文化的见证。同时伴出的还有 2 件青铜钺。

　　青铜提梁卣，是商周至春秋时代专门用于祭祀时盛香酒的酒器和礼器。青铜钺，相传为周武王姬发伐纣使用的兵器。武王攻入朝歌，斩妲己就是用钺。卣和钺，都是一个时代权力和身份的象征。

　　渣江提梁卣上斑驳的青铜，凝聚了几千年的时光。出土时卣里盛装的美酒，已经绿得晶莹剔透，如同一瓢人间烟火，在泥土之中，尘封了几千年，温柔了几千年，却依然散发着缕缕的香气。于是，关于提梁卣，关于卣中的美酒，关于代表权力的青铜钺，让人仿佛仰望天空，穿越时空，去追寻一段关于埋卣祭情、弃钺归隐的故事。

　　卣和钺的主人，也许是古代越国的一名将军，抑或是一位部落首领。你带领你的兵卒或者族人，来到一条后来叫作蒸水的流域，在这里定居成村，演变成史，沧桑成歌。临水的西边，有红壤的山丘，后来人们便叫赤石岭。

　　这里，自古就有种麻纺花，染青织布的历史。因此，这里多织娘，也多织女。

　　秋天里，那疯长了一个春季，韧劲了一个夏天的苎麻或棉花，已经收割

和采摘，织娘们便开始了一年最忙的时节。夜晚，灯火如星，织麻纺花，机杼成布。白天，蒸水河里漂布晾晒，于是，河水成色，河滩成景。因此，在渣江域内的蒸水河上，有一条小溪口，又叫"秋洗"，后来叫"秋溪"，赤石岭下的蒸水河滩，便叫"架布滩"。

那一日，你从石桥路过，一个不经意，邂逅了一名正在河里浣纱漂布的织女。也许是偶然，也许是上苍的安排，你和她一见钟情，一见如故。你为她浣纱，为她晾布。于是，你俩私订了终身。

你说，待到来年春暖花开，你要带她去渣江的面铺吃上一碗阳春面，带她去桃花堰头看桃花风，带她去越过那桃花漫野的桃花村，陪她看那桃花开，陪她看那桃花落，陪她从十八岁走到八十岁。你看她，春色摇曳；她看你，秋水情深。

她说，等到大雁南归，秋风渐凉，她要亲手为你，酿一缸"女儿红"，点点滴滴甜了你的心，杯杯盏盏醉了你的魂；她要亲手为你，织一匹御寒布，经经纬纬都是情，丝丝缕缕都是意，然后，再用深深的颜料，一遍一遍染出爱的浓，一针一线缝上相思的线，一笔一画描上鸳鸯的图。

然而，还未等到冰雪消融，还没等到来年花开，你被朝廷征召出征，去那遥远的北方。乱世繁华，她只为你倾尽年华；蒸水兼葭，她只为等你归田卸甲。

烟花易冷，韶光易逝。她不知过了多少年，也不知等了多少天，她始终苦苦守望着你的归期。也不知等了多久，你一人执念，枯等营帐外。她一人独守，苦等年轮一圈又一圈，你日日期盼不再战火纷飞，她夜夜清冷盼烟火人间。

大雁年年南归，没有你的消息，也不见你的鸿雁。春潮年年涨汛，也不见你的风帆。万般无奈，千般心寒，她却始终未能等到关于你的任何信息。她便落发为尼，出家蒸水河畔、赤石岭下的赤石寺。

奈何人生无奈，心中的等待，或许她在等一个错，等一个没有结局的结果。秋风凉，夜未央。青灯佛卷，夜夜寒。多少诺言已变旧，多少岁月已发黄。

曾经的那些心动，那些陪伴，那些幸福，如此的温暖而美丽，都始终镌刻在她的心上。因为，她的世界，你曾来过。你的世界，她曾拥有。从待嫁的年华，鲜衣怒马，到初别三等，等那烟火已冷，等那酒樽空置，青灯油尽，年华渐枯。

她念尽千年佛，流尽心中泪，终于，在一个秋风凄凉的夜晚，伴着曾经那段美好的记忆，从此沉睡几千年。

不知多少年后，你已是霜染鬓发，历经风霜归来。寻至她出家的赤石寺时，她却早已过世。人们告诉你，这里，有一位女子，一直在等你。

听风吟清寒，为谁痴恋一生，将往事在风中埋葬。你还是错过了心中的风景，辜负了一位痴情女子的痴情，错过了人生中最美遇见后的遇见。

你多么想执子之手，陪她痴狂三千，多么想深吻子眸，赠她一世深情，伴她万世轮回。

回忆，在一场场秋雨里浓重苦涩。寂寞，在一道道西风里起起落落。从此后，谁人陪你，噙一笑，煮酒观桃花；谁人陪你，撑一伞，相忘蒸水杨柳下。

终于，你走出赤石寺，回到她的墓地，凝望坟茔草木枯衰，凝望长空里，她的笑，她的哭，她的无奈，仿佛看到她在等你，等在另外一个冰冷的世界。你用君王赐你的提梁卤，盛一瓢她的相思泪，盛一卤她的"女儿红"，盛一瓢人间烟火儿女情，盛一瓢血染江山辛酸泪，连同随你征战一生的那柄青铜钺，埋在她的坟头，如同你，日日夜夜陪伴她左右，如同你，与她共枕夕阳沉睡几千年，共伴黄土一天地。

从此后，你在人间烟火已不自知。你在红尘的晨曦与黄昏里，只为收集世间烟火去见她。人们再也没有看到你，只是赤石寺里，从此有了一位新主持。

人生所求，征战万里，富华地位，到头来，却抵不过一抹朱砂染了红颜，一滴清泪泯了江湖。三千繁华，弹指刹那，枯了芳华。唯有她，永远存于你的心，轮回百世，春花烂漫也曾想，秋水微凉亦难忘。今生思量，来生凝望。

斗转星移，西风吹平黄沙地。执念成了故事，青铜生了锈迹。几千年之后，当人们拂去卤上的泥土，依然能够发现一个关于青春祭祀的伤感和美丽。卤里的美酒，是否还有血和泪，是否还有人间烟火味？

提梁卤很贵，青铜钺很利，富贵荣华很重，名誉地位很高，到头来，又怎及卤里那一瓢人间的烟火美，又怎及那河畔岭下男耕女织晨昏里……

美酒很香，故事很苦。不求把你的名字刻入史笺，只想把你的名字刻在她的坟前……

（记于 2019 年 8 月 27 日）

本文刊发于 2019 年 8 月 29 日腾讯网、新湖南等平台。

曲兰，一个生长思想和道德的地方

在衡阳县西北部，有一个小镇，名叫曲兰镇。小镇地处衡阳、双峰、邵东三县交界之处，因三地商贾贸易，亲友往来，这里，便方言很重，乡音很杂，但仁义也重，人情也浓。

关于其地名，传说有两种，一曰境内有一条弯曲的小河，河岸边上长满了兰草，取"曲河兰草"之意，故名"曲兰"。一曰曲河之畔曾建有一凉亭，明正德年间，正德皇帝朱厚照游历江南，到此歇息。这时，凉亭里有一淡雅女子，在此唱曲，朱唇轻启，香兰微吐。朱皇帝一边听曲，一边观赏沿河两岸的兰花，完全沉浸在优美的小曲和当地的风景里，不禁连连称赞"好曲，好兰，好景"。当朱皇帝缓过神来，唱曲的女子早已不见。原来，那唱曲的女子便是兰花仙子。朱皇帝便命随人取来笔墨，在凉亭的柱子上题写"听曲""观兰"之钦迹。因此，人们便把这里叫"曲兰"。

这里，北有黄龙大山，南有大觉罗山余脉。曲河通幽，兰草吐香。因为有曲河的哺育，这里的人们世代繁衍；因为有兰草的熏陶，这里的人们品质高尚。因此，这里便是一个生长芬芳思想和高洁道德的地方。

明末清初时期，一个叫王夫之的书生，因反清复明兵败而归隐这里，在今湘西村茱萸塘建草庐三间，人称"湘西草堂"。就是在这里，王夫之以"清风有意难留我，明月无心自照人""六经责我开生面，七尺从天乞活埋"

的铮铮誓言而明志。

一把油纸伞，一双木屐履，一架六弦琴，一笔一砚一姜园，是他后半生的生活来源和精神寄托。无论天晴下雨，他都是头撑一把伞，脚蹬一双屐，一个"头不顶清天，脚不踏清地"的清瘦书生徘徊在曲河边，静卧在石船山。

月明星稀的夜晚，这里一片寂静。草堂的木窗前有微弱的灯光在摇曳。窗外，是蛐蛐和着蝈蝈的鸣叫，时起时歇。有幽幽的古琴声，从草堂飘来。古琴声忧，抚琴人愁。那琴声，时而如凄凄秋雨，时而如嘶嘶马鸣，时而如凛冽西风。多少次琴弦拨断，声息人叹，多少次手破血流，仰空长啸。

草堂的门前，两株墨柏，是他亲植。如今，躯干挺拔，就像他的一生，刚直沧桑。草堂的右边，一株红枫，每到秋天，丹红一片，如同这里的主人，秋风愈冷，霜露愈重，丹心愈红。后来，枫树形似烈马，故名"枫马"，终因不舍主人的久逝而随之而去，奔向旷野，奔向时空，奔向巅峰，驰骋在主人那亘古的思想高原。草堂的左边，曾经是一个菜园，不但生长着绿色，生长着各种时令的蔬果，而且生长着点点片片鲜活的人生与社会的哲学思想。这些思想，这些哲学，如同园中那一株紫藤，在一天天成长，在一天天粗壮，哪怕是三百多年后的今天，依然是生机盎然。

"新故相推，日生不滞"的创新思想，"荣枯相代，弥见其新"的进取精神，"天下惟器，道在器中"的法治哲学，"知不溆者不以行，行不溆者不以知"的"知行"理论，如同草堂傍边菜园里的一块块"老姜"，警世提神，去寒驱湿；亦如春天里那一串串紫藤花，绚丽夺目，暗香弥久。

曲河的下游，有一座如船的石山。也许是因为河面不够宽，河水不够深，石船才没能扬起远航的风帆，年复一年，日复一日，静静地停留在这曲河之野，如同夫之的人生，终老于此。但他的哲学思想，他的文学才气，如同曲河之水，流向了远方，流向世界，同时，也滋养了这片土地，生长着旺盛的绿植和金色的稻穗。

因为那一座如船的石山，他又名王船山。因为王夫之，那一条曲河，如今又叫"夫子河"。

"显诸仁，藏诸用"，"敬以成身，而不已其敬，则自强不息之实也"，"身为教本，顺为德本"……先生的这些道德思想的种子，深植在这片贫瘠的土地中，却开出了一朵朵一片片美丽的花朵。

在这里，行善积德，孝敬长辈，自强不息等中华优秀传统道德文化和思想孕育了一个个感人的故事。

三百年后的今天，你的一个小老乡，一个叫作邹晴的小女孩，诠释了你的思想，践行了你的学说，就像夫子河畔那一株兰草，芬芳了一个时代，感动了一个国家。

她是不幸的。父亲憨厚，先天跛脚，母亲先天脑瘫，十岁时，父亲因病早逝。一个瘦弱的小女孩，却要承担起照顾脑瘫的母亲；她又是幸运的。一贫如洗的家，在乡亲邻里和社会各界的关爱中变得有了温暖和温度。

她没有放弃对生活的向往和对未来的追求，没有抛弃对母亲的孝顺和对厄运的抗争。几间土砖屋，被她收拾得整整净净。墙上的奖状一年年在贴上。清晨，她要帮母亲洗脸刷牙，然后生火做饭。没有灶台高，她便用一条小板凳垫脚。多少次，被火烫伤了手，被油灼痛了脸。喂完母亲的饭才去上学。为了母亲，她初中毕业报考了卫校。

离家求学，母亲是她的牵挂。邻里们纷纷劝她把母亲留在家中，由他们代为照顾，可她却放心不下，带着妈妈去上学。从卫校毕业后，她回乡下医院从事护理工作，又带着母亲随行。后来，这个从不言弃的女孩，又参加了高考，被市内一所医卫专科学校录取，她又把母亲带上。她在哪，母亲就在哪。

曲兰，这片并不肥沃的土地，却因为，有曲河之水的哺育和滋润，有船山思想的孕育与播种，于是，便生长着许许多多美丽的思想和道德的力量，便生长着许许多多感人的故事和动人的传奇……

曲河悠悠，思想汤汤。兰花淡淡，明德泱泱。

（记于 2021 年 11 月 6 日）

本文刊发于 2021 年 12 月 12 日《湘声报》。

楹联里的蒸阳

楹联，是对联的雅称，对每个中国人来说，再熟悉不过了。从垂髫稚子，到沧桑老人，这种古老的文化形式，深深根植于我们的血脉之中。

楹联，是中华几千年文化的沉淀。它短短两行文字，可以讲述一个故事，可以道出一段人生，可以寄情，可以言志，可以是流芳百年的铿锵力作，也可以是人们茶余饭后的谈资。它蕴含着无穷的哲理，充满着中华民族几千年的智慧，传承着一个古老民族的精神力量和文化魅力，更承载着千百年来，人们对未来生活的美好向往与期许。

楹联，似诗非诗，仅为两行，上下两联，或加横批，数字之间，"联里"之中，书尽人生，描尽风月，蕴含历史。

在衡阳县这片人杰地灵的土地上，楹联，或悬于庙堂，或书于古宅，或刻于凉亭，细细品味，让人深深感受到这里文化的厚重，历史的深远，人文的璀璨。

"联里"人生，可以让你感悟红尘百味，可以让你感悟家国情怀，可以让你修德崇业。

岣嵝峰，系南岳七十二峰中颇具名气之峰，乃上古大禹治水功成之地。黄帝和黄帝正妃嫘祖曾在此巡游生活。此峰便有了帝王之气。在岣嵝峰上，为纪念大禹治水之功绩，峰上建有禹王殿。大殿的殿门上，曾有一幅"绩奠九州垂万代，统承二帝首三王"的楹联。这副楹联的作者就是爱新觉罗·弘历，也就是乾隆皇帝。传说乾隆皇帝下江南时，到岣嵝峰上凭吊禹王，留下了这副楹联，对禹王的功绩予以了"圣"赞。

禹王殿还有一幅"进殿先抬头，看看禹王高你多少；扪心当驻足，想想自己愧民几分"的楹联，教导人们要以禹王为楷模，修德尚德；告诫官员要以禹王为典范，勤政为民。禹王为治水患"三过家门而不入"的勤奋敬业，舍小家为大家和心忧天下的"家国情怀"，就是我们代代传承的精神力量。不知当下那些"追星"族，是否去看过？你们追的那些"星"，到底比禹王"高"多少？不知我们的官员们，是否扪心自问过，你们的"初心"可记得？

曲兰镇湘西草堂，是明末清初一代哲学宗师王船山先生的故居。他与赫格尔被毛泽东誉为"东西方的哲学双子星座"。船山先生自撰的两幅楹联，是他一生品格和学识的总结。"清风有意难留我，明月无心自照人"一联，道出了先生的心志。"头不顶清天""脚不踏清地"，无论晴雨，他都是头顶一把油纸伞，足蹬一双木屐履，那份忠贞，矢志不渝。联里以"清风""明月"自然景观入联"首"，喻意先生所处的两个历史朝代，而且志坚如磬。

先生饱读四书五经，洞悉人生真谛，七尺男儿，铮铮傲骨，不为"媚俗"而折腰的文人风骨，在"六经责我开生面，七尺从天乞活埋"的自撰联里，体现得淋漓尽致。每读此联，船山先生的大儒傲骨形象，让人肃然起敬。

位于衡阳县樟木乡西林村的麟凤山庄，是清末地方官吏程商霖的私宅。程商霖曾任清朝东路转运使、淮南北皖盐道、湖南榷运使、湖北江汉海关监督、光禄大夫、正一品地方大员。1906年辞官，归隐樟木西林，历时十余年，兴建了一座占地十六亩的"程公馆"。程晚年归隐山庄。他为山庄中的九松堂（院内栽有九棵古松）撰联云："自有岁寒时，常将荆棘栖孤鹤；悟到人间世，只合终身作卧龙"。此联以"松""鹤""卧龙"自喻。人生不管曾经如何辉煌，到头来还是"闲云野鹤""卧龙归隐"，可见其对田园生活的向往与追求，颇具"五柳"先生的遗风。返璞归真，回归自然，才是真正人生。

这些，皆为帝君贵人、大儒雅士之"联里"人生。也有平民百姓的"联里"人生，在方寸之间，活灵活现。

在衡阳县洪市镇咸欣村，有一凉亭，名曰"延寿亭"。经历历史风雨，亭虽破败，但亭上一副楹联却甚有名，道尽了黎民百姓的"人生百态"。联曰："劳心苦，劳力苦，苦中作乐，齐场打个呵呵；为名忙，为利忙，忙里偷闲，大家且来坐坐"。此联乃船山先生所作，堪称放下名利、舒缓心情、符合百姓生活的"文字轻音乐"。其文风、用词通俗易懂，直白明了，用现代的网络热词来说，就是很接"地气"。因此，此联老幼皆知，路人皆记。

从蒸阳楹联里，我们还可以观风月，赏美景。"联里"风光好，静待有心人。

杉桥伊山寺，原名云锦庵，因位于云锦峰下而得名。传说蔡邕后裔、蔡文姬之女婿曾因躲避战乱在此收徒授学。东晋著名的政治家、军事家、音乐家桓伊少年时期曾在这里读书习武。后改庵为寺，因桓伊而改名为伊山寺。清康熙封伊山寺为"六朝"圣境。

清代大学者、文学家、翰林院检讨王闿运为伊山寺撰联："明月似闻三弄笛，白云长对六朝山"，不但写出了伊山的美丽风光，而且蕴含一段人文历史。细品此联，仿佛让人置身在风清月明夜，隐隐约约听到东晋时的桓伊，在伊山的梅林中，创作出著名笛曲《梅花三弄》，用一支柯亭笛，在吹奏着梅韵悠悠的曲子；让人感觉是在晴好的日子，登上云锦峰，只见悠悠白云涌向寺前的山峰，疑是人间仙境。无须你亲临伊山，就能从"联里"想象出伊山的美，伊山的韵，伊山的古。曾有伊山寺八景赋，生动地描绘了伊山的风景。赋云：云锦日华列二峰，书台弄笛忆桓公。千僧塔葬千僧骨，双井涌泉双进通。颖阁园中花艳艳，逆流洞口水潺潺。青龙桥上多游客，晒日楼观垂钓翁。

紫云庵，位于织女湖畔的紫云峰下，殿宇雄伟，曾经香火盛行。如今，只见寺庙遗迹，破碎的青砖、红石，静静地散落在杂草之中、尘土之下。唯有殿门几百年不倒，历尽沧桑。殿门是当地红紫砂石建造，虽已残缺剥落，但那副楹联却清晰可见。联曰："紫气当帘障殿宇，云霞如彩挂山峰"。此联不知何人所撰，把地名与景观生动而形象地体现了出来。殿宇坐西朝东，背靠紫云峰，朝迎紫气，暮挂云霞。

读蒸阳楹联，可以让你读懂一个个人文故事，读懂一段段"联里"历史。

在衡阳县界牌镇的将军岭上，有一个两冬村，就流传着一个关于宋徽宗赵佶时期一位徽宗皇妃李娘娘因避战乱，避难此地，忧国思君的故事。

"误国恨奸臣，迫使京师破败，君王虏囚，马角难生，还宫只好期来世；持斋思守节，举目梳妆亭前，望夫楼台，雁书远隔，寄信无从已两冬"。这是一副楹联，也是一段"史记"，还是一首"怨词"，写出了当时的战乱，写出了一位宋代女子对家仇国恨的悲愤无奈和对故国家园的深深思念。

"联里"梨园，演绎人间百态，演出戏文精彩。衡阳县，曾有许多古戏台，可见当时民间文化的盛行。每一座戏台，都有一副楹联，而且妙不可言，道出了梨园的风情。

在石市水口村，有一座六百多年的古戏台，至今保存完好，特别是近年修缮后，焕发昔日颜光。台柱上书刻着"水上琵琶向月抱，口中珠玉随风生"的楹联，与戏台正方上的"伊人宛在"匾额，相得益彰，融地名、风光、戏精于一体，让人未见台上水袖舞，已觉佳人抱月归。

在演陂老街，曾有一座三圣祠戏台。"古调莫轻弹，从来天下知音少；传神须细味，到底英雄本色难"的戏台楹联，书尽千古事，叹尽英雄难，细思当下为。

楹联，是中华优秀文化的缩影，也是传统道德的传承。楹联里的蒸阳，风云际会，世事洞明，人情练达，成为生长在这片古老热土上的蒸阳人们的精神源泉。

（记于 2020 年 3 月 19 日）

本文发布于 2020 年 3 月 15 日网易、腾讯，2021 年 12 月 28 日湖南政协云。

棠梨煎雪，谁在盈泪抚琴弦

棠梨，又叫野梨，雅称"杜梨""甘棠"，三月开白花。诗经《召南·甘棠》云："蔽芾甘棠，勿翦勿伐，召伯所茇；勿翦勿败，召伯所憩；勿翦勿拜，召伯所说（悦）。"衡阳县的岣嵝峰上，大云山中，多棠梨，花如雪，漫山野。

阳春三月，万紫千红，唯有棠梨素雅，如煎春雪。

一座老宅，一个深院，一树棠梨。是谁，曾植下这株棠梨，在守候着一个宅院的秘密；是谁，曾在树下，煎一壶春雪，煎出了忧伤，煎出了微苦还甘的情结。

一念春风，院内的棠梨便开了花。一念春雨，檐上的月色便粘了香。

多少年前，是谁，连同一个女子的名字一起种下，从此后，便有一树梨花，在江南的烟雨里年年绽放，将一袭青衣，染就芳华，用两袖飞雪，诉说着《诗经》的风雅。

晨雨打湿你的花容，可是你最初的潋滟；晚风吹落你的花瓣，却有一抹温情，于素白的舞影中落字为念。总有几曲琴音，在宛若唐诗宋词般的凄美中，忧伤盈泪。

谁在为你，写一首春风十里不如你；谁在为你，抚一曲冰清玉洁，守望在季节的风景里。

春寒雨后的月夜，谁人在唱《梨花泪》。枕上轻寒，窗前梨白，历尽天下繁华三千，怎及你一身素衣，惊鸿一瞥，似曾相逢在眼前。

青山不及你的眉，水清不及你的泪。君搁笔含情，凝望玉容寂寞泪阑干；你抚琴执念，弹奏那曲一别如斯，落尽梨花月又西。

可记得，君曾邀你采得旧岁枝头雪，轻捺春色，煎梨为酒。温上一壶，丝丝香甜醉风月，满眼都是你模样，一生眷恋，心间镌刻，任岁月流转，也无法改变你眉眼初见。

你倾一城春色，伴君一世清欢。相聚时，满怀旧时甜滋味，分手时，梨花飞满梦难圆。

东邻那个小姑娘，早已成了别人的新娘。小桥依然有流水，宅院早已无炊烟。欲归山林窥明月，无月无风也无你，唯有梨花在飘雪，点点滴滴都是泪。

棠梨煎春雪，酒醉人不醒，而你始终未能成为别人的风景。人去宅空，琴腐弦断。似有一声懂你，温暖岁月；似有一句等你，感动生命；似有一缕忧伤，浸染流年。

云淡天青，宿雨沾襟，雨打梨花深闭门。梨花煎雪，谁在抚琴弦，谁在盈泪眼，谁人与共歌长恨，谁寄执念清明天。

都是你呀，红颜化作梨花雪，覆了天下，忘了青春，误了青春，七分青涩三分甜，七分忧伤三分妍……

（记于 2020 年 3 月 16 日）

本文发布于 2020 年 3 月 18 日搜狐、网易网络平台。

愿做一朵台源莲

愿做一朵台源莲，与你再续三生缘。

——题记

衡阳县台源镇，因盛产乌莲而出名。台源乌莲，历史悠久，曾为朝廷贡品。

台源镇，是蒸水中游的一个古镇。因临蒸水有一土台，高高兀起。立于高台，可俯瞰蒸水两岸。宋度宗咸淳元年（1265），有一和尚，名智者大师，于土台之上，建一寺庙，名曰"台源寺"。

寺庙之下，乃蒸水上的一个码头。人来舟往，蒸水河西岸便成了街市。

传说，台源寺的僧徒众多，但因情缘未断，尘心未除，终未修成正果。一日，有一妙龄女子，来到寺里，烧香礼佛。女子烧完香后，送给主持一枚乌莲，然后化作一道紫霞，越过蒸水，飘然而去。主持和众僧立即跪拜，原来，这是观音赠莲，普度众生。因此，台源老街的渡口便叫"紫霞渡"。后来，渡口建一石拱桥，名曰"紫霞桥"。

主持将那一枚乌莲，播种在紫霞渡口一条溪水里，从此，溪里长出了红莲，开满了红荷。人们便把这条溪水叫"福溪"。台源的田野便是荷叶田田，荷花婷婷。

"修炼心法无杂念，花开花落在身边。"莲花便成了台源人们心中的花圣。

又是一年荷花季，又是一年莲叶碧。谁家的稚子，采来一把莲蓬，躺在长满青草的田埂，抑或坐在石砌的阶檐，在剥着莲子。"最喜小儿无赖，溪头卧剥莲蓬。"一幅辛弃疾的村居图，写意在台源的山水间。

犹是台源女子，温婉如玉，清纯如莲。有莲女归来，携十里荷香，送一川碧艳。那一时，古街晚风，谁抚三尺琴弦，送你暗香姗姗。蝉鸣声声，你浅笑如风，衣裙翩翩。有谁，能读懂你内心的那份清苦？因为，许多年以前，你挥泪如雨，在那紫霞桥头，送走平平仄仄的马蹄，从此后，君在天涯孤旅，你在家乡遥望。

盛夏的时光，如素锦描墨。你眉心上的相思结，却萦着旧时的忧伤。有清风如许，仿若你记忆里最深的思念，总是那么的古典，宛若一首首唐诗宋词。

凝眸听雨荷，紫霞阑珊处。一滴雨，回不到云烟里；一朵莲，与蓬并立肩。荷花朵朵，青衫落拓，不倦的容颜，令多少人失魂落魄。

荷香里的时光，香甜了微凉的记忆，亦如这满垄的荷花，在等候懂她的人儿。可不知，又有谁，真正懂得莲的心事。

荷花，一意执念，从不因为你是否会来，都在含苞，都在绽开。你不知，是因为红尘的羁绊，忘记了家乡？还是你，根本就没来过。总会有人，不知道是在等你，还是在等来年的花开。

你没来，莲不敢老去。她用亭亭玉立的姿态，穿越碧波的呼唤，在把你等候，等到花开结籽，等到籽乌心苦。

莲花最艳，莲心最苦。多想执子之手，陪你徜徉在台源老街的石板街巷，与你共一世情长。多想为你，熬一碗莲子羹，沏一杯莲心茶，把往事慢慢品味。陪你黄昏入梦，陪你容颜迟暮，共度一生春夏。

花开不语，花落无言。繁华尽处，只不过是一条青石小巷。最恋的，莫过于与你晨风暮岚，安之若素。一半烟火，一半如莲。

愿做一朵台源莲，与你再续三生缘。"不早也不晚，来到你身边，不再错过，不再擦肩"，化作烟，化作泥，化作云，化作艳，即使苦在心里，也会浅笑嫣然……

（记于 2020 年 7 月 24 日）

本文刊发于 2021 年 1 月 9 日《衡阳晚报》、2020 年 7 月 24 日新浪网、新湖南客户端，系作者以"船山三少"之一的身份，参加衡阳日报（晚报）文学擂台赛打擂作品，与衡南"清泉三剑客"同台对擂。

家乡的橘子红了

那是你心中依恋的风，那是你漫山醉人的红。那是你青春最真的梦，那是你枕边思乡的情。

自然的季节，在时光里轮回流转。红尘的容颜，在季节里悄然改变。立冬之后，秋声已尽，初冬的颜容在经历过夏孕秋娩后，更是显得那么的灿烂与妩媚。

小河淌水，经年涓涓。青青河边草，已经蒹葭成霜，飘絮成云，诗意了家乡的那一河瘦水；东山之东，南山之南，也已色彩斑斓，丰腴了家乡岁月的模样。一念花开，一念花落，一念果熟，一念蒂落。

于是，在不知不觉中，在雁字回归时，家乡的橘子红了。

最后一缕秋风，随着初冬的脚步，别了春绿夏炎。家乡的山山岭岭，房前屋后，橘子，在秋意渐浓里，在冬意初染里，成熟了，红透了。

家乡的日子，也便在从从容容中远去，在平平淡淡里成熟。时光煮雨，家乡的人们，在雨中行走，在风里往来，在阳光下凉晒。走过风，走过雨，走着走着，橘花就开了，就香了；走着走着，橘子就红了，就成熟了。

你是否还记得，那时候没有现代通信，只要听到村头几声狗吠，就知道有人来了，只要看见几缕炊烟，就知道母亲开始做饭了，只要后山的橘园多了鸟雀的声音，就知道橘子已经红了。

你是否还记得，在初冬的田埂上或小河岸，看家乡青山层林尽染，看流水日渐消瘦，看夕阳缓缓西下，看亲人荷锄暮归，看倦鸟双双归巢。

蓦然回首处，家乡的橘子红了，点点鲜艳，如红星点点，如灯笼满园。如今，家乡的橘子是否是你梦里家乡的红灯笼，在点亮你思乡的情，照亮你回乡的路。曾经的思念，如同天边的云朵，在缱绻徘徊；曾经的花开，而今已经硕果累累挂满枝头。时光，不负所有的等待与深情。而你，可曾还记得，家乡那满园的橘花香，家乡那满山的橘子红？

记得，你走的时候，说橘子红了，你就回来。

于是，有人每天都在橘子树下守候，从第一朵花开，到最后一朵花落，从第一个橘红，到满园的橘熟。现在，家乡的橘子红了，村头的路口，可曾会出现你的行囊和身影？

曾经，为一朵初开的橘花，你对一缕春风满心欢喜，眉眼低垂。曾经，为一园成熟的果红，你对着一帘秋雨满眼痴迷，心生莫名的感动。无论你走过多少云水迢迢，无论你走过多少艰难险阻，无论你走过多少悲欢离合，你的内心总是那么云淡如初，情深如故。

长发及腰，梳理千缕思念。谁把目光剪成片片流云，谁把心事托付缕缕东风？白首倾世，看尽世间繁华。谁把光阴剪成朵朵红霞，谁把思念化作苍苍蒹葭？

那年橘花开，你与父母在老旧的庭院里，沉默无语，浊酒两杯，几声叹息。那年橘花落，你与他，在橘园里十指相牵，依依难舍，几许依恋。你要去远方，告别了风雨沧桑的旧宅，告别愁眉紧锁的双亲，告别送你山花浪漫的人儿。那时的山风温柔，时光清浅，月色清凉。初夏夜的露水，落在屋檐，打湿了台阶，打湿了一双眼眸。初夏的蛙鸣，敲打着寂静的山村，也敲打着一双人儿的心扉。

你们，在家乡村头那座古石桥上，默默地许过心愿。你们，在后山的那棵老橘树前有过约定。橘子红了，你就回家。

人生，如半生花开，半世花落。昨日陌上花开，今日岭上橘红。有人，是否仍然站在家乡的橘园，等风，等雨，也等你；有人，是否往来于思念的渡口，去赶赴一场橘红的约恋。

故人归来，若你白发苍苍，容颜迟暮，家乡是否有人，依旧如初，牵你双手，怜爱顾盼，采橘南山，重拾桑麻，哪怕岁月荒芜，光阴如素？哪怕橘熟冬寒，冰封霜露？

家乡的橘子红了，你在哪里？

（记于 2020 年 11 月 13 日）

本文刊发于 2021 年 11 月 30 日《衡阳晚报》副刊头条、2021 年 12 月 1 日湖南政协云。

渣江驼背树，其实不是一棵树

我离开家乡混迹于县城已经三十多年了。每当别人问我："你的家乡是哪里？"我总会脱口而出："渣江驼背树。"这一回答，让听者感到几分诧异："你是在开玩笑，还是在调侃？驼背树不是一棵树吗？难道你的家乡是在树上？难道你是神仙？"

遇到这样的情况，我连忙解释："你误会了。驼背树其实不是一棵树，而是一个小地名。"对方似懂非懂，连连点头，"哦，哦，驼背树不是一棵树，而是你家乡。"

是的，渣江驼背树，就是我的家乡。

驼背树，曾经还真的是一棵树。因为一棵树便有了这样一个地名。

在很久很久以前，到底是多久，已经无法考证，在衡阳县渣江镇驼背树这个地方，据说有一棵千年老松树，树有八九个成年人手拉手合围那么大。树干不是挺拔，而是驼背。树冠如盖，荫佑一片。传说，这株苍松汲日月之精华，取天地之灵气，愈长愈高，愈长愈大，愈长愈茂。一日，一位天神巡视人间，看到了它，认为它这样长下去会冲破天庭，便将它一压，从此，这棵苍松便不再长了，还驼了背。

后来，人们经常看到有三个童子在树荫下嬉戏玩耍，有时还坐在树上的驼背处下棋。于是，当地人们便对这棵神松顶礼膜拜，祈祷神松保佑这里风调雨顺，人寿安康。

一天，有一位懂法术的卖罐子的宝庆（邵阳）人，路过这里，看见了三个童子，便逗他们从树上下来，然后用一个布袋子收走了。从此，这棵松树便渐渐枯死了。若干年后，有人出了一联绝对的上联"空心竹，破丝篾，织扁箩，挑东挑西"。当时，无人能对。当地一位秀才看到那株枯去的驼背树后，灵感一闪，立马吟出了"驼背树，锯弯材，造翘船，游南游北"，成就了一段民间佳话。

这就是关于驼背树的传说故事。因为有那一株古松树，这里便有了一个小街市，人们便叫这里"松市"，但是，人们更习惯叫这里为"驼背树"。也许是树背虽驼，但曲木可直，弯木可翘，顺其自然，可造舟制船，可通江达海，寓意这里的人们不畏艰难，奋发向上，争流搏浪。也许，这就是家乡人们的精神所在，也是我等之辈的力量之源。

那棵驼背树枯死后，树根部便涌出了一泓清凉甘甜的清泉，人们便把这泓泉眼修成了一口井。正是这一口井，无论天干地旱，总是泉水不枯。也许，驼背树用另外一种方式在哺育着家乡的人们，滋润着它曾经生长的这片土地。

驼背树老街，只不过是方圆几里路人们购买生产生活用品，或销售自家土产土货的一个小商埠，当地人叫作"场口子"。每月农历一、四、七"赶场"。老街不长，不足两三百米，宽不过两三丈。街面是用当地的红砂条石铺成，两旁是旧式的栅栏铺面。每逢"赶场"日，周边的人们有事没事都要到老街上去逛一逛。有事的购物或卖货，无事的图的是吃上一碗渣江米粉，或者一碗米豆腐，加上一只油粑子。那时，人们的生活很悠闲，也很自然。

我的老家离驼背树不远，一公里多路程。小时候最喜欢跟母亲或奶奶去驼背树"赶场"，一碗米豆腐要让我回味好几天。

驼背树这地方大多姓杨，杨姓是这里的大户。老街的旁边有一座旧祠堂，叫杨祠堂。20世纪70年代，政府把祠堂办成了一所学校，就是现在的赤石中学。我就是在这里念完了三年初中。

那时候，生活艰苦，初一、初二都是走读。我们这一辈的，天没亮就起床，点着煤油灯，在灶膛里烧几把稻草火，炒上半碗剩饭，三扒两咽，或捏成一个饭团子，边走边吃，吆喝着同学们，打打闹闹，有说有笑，一路去上学。初三开始住校，那时住校是全班男同学住在一间教室，女同学住一间教室，全部打地铺。自己带点米带几只红薯，就着白菜萝卜下饭，吃得也津津有味，睡得也安安稳稳。课余时间，喊上两三个同学，把父母长辈给的几毛钱零花钱，去驼背树老街吃一根油条，或买一只"发饼"，边走边吃，边数街上的石板，或看街上的热闹。

遇到天旱，学校内一口井枯了。食堂煮饭，学生洗脸没有水。我们就人人提着一个铁桶，到校外几百米远的驼背树留下的那口从未枯竭的老井去汲水。最难为的，就是那些女同学，当时不过十四五岁，提上一桶水，要走几百米，也没有男同学去帮忙。不是男同学不想帮，不肯帮，而是如果谁帮了，怕惹其他同学笑话，会说你喜欢上了某位女生。也有男同学偷偷帮过，但女同学不接受。

驼背树那口老井，就这样哺育过我们一代又一代人。驼背树那条老街，就这样留下了我们一代又一代人的回忆。

驼背树老街，在经历过曾经的繁华后，如今已经渐渐冷落寂寞，但在我的心中却始终是那么的深刻。因为，我离开家乡几十年，总想回去看看老街的模样。前些年回老家过年，大年三十日清早，便步行到驼背树老街，从街头慢慢走到街尾，总想把年少时的回忆找回来。但清冷的街巷已没有了曾经的情景。我的心里很有几分失落，但看到周边栋栋新房，又有几分欣慰。临走时，在街口的一个摊子上，买了一幅鲜红的大春联，贴在我家的堂屋门上。

驼背树，其实真的是一棵树，是一棵福泽家乡的神树。它就像我们的父辈母辈，被世事艰辛和生活压弯了腰，压驼了背，但始终都在为我们遮风挡雨。驼背树，其实不是一棵树，而是一个小地名，是远方游子心中的一个回家的路标，更是几代人心里那一份浓浓的乡愁……

（记于 2020 年 11 月 17 日）

本文发布于 2021 年 11 月 10 日湖南政协云、新媒视点。

杉桥伊山寺：梅花三弄成传奇

何时仗尔看南雪，我与梅花两白头。

——题记

衡阳县杉桥境内的伊山，又名云锦峰，系南岳衡山七十二峰之一。关于云锦峰列为南岳七十二峰，曾经存在争议，有专家学者曾向我求证，我的回答是肯定的。其理由有三：一是云锦峰传说为黄帝正妃嫘祖，在岣嵝峰上被风吹落一方云锦飘至此峰，故名云锦峰；二是此峰脚下诞生了中国十大古典名曲之一"梅花三弄"（先为笛曲后为琴曲）；三是成为成语"弄笛桓伊"的典故。仅此三点，云锦峰列为南岳七十二峰名至而实归。

上古时期，云锦峰本是无名山峰。嫘祖随黄帝南巡，寓居岣嵝西极（亦云"西池"），教化子民，种桑养蚕，缲丝织锦，着衣梳头，开创了蛮夷之文明。

一日，嫘祖登临岣嵝峰顶，远眺东南，被远方一片云山仙境所痴迷。一阵风来，系在腰间的一方云锦随风飘去，最后落在了前方的一座山峰上。这里，便叫云锦峰。

云锦峰，山不甚高，却重峦叠嶂，遍山茂林，处处修竹，环境清幽，鸟鸣深谷，泉流山涧。相传，山上梅树遍野，云雾缥缈。尤其冬日，雪压梅枝，梅香四溢，如同一方天地云锦，绣上了万点梅花。

后来，因为一双人，因为一首曲，因为一座寺，这里又叫伊山。那一双人，就是桓伊和梅香；那一首曲，就是《梅花三弄》；那一座寺，就是伊山寺。

魏晋时期，桓伊十岁时随父桓景（任丹阳尹，长社侯）宦游蒸湘。桓景见这里山清水秀，清幽寂静，远离喧嚣，是读书习武、修身养性之地，同时得知有一名士隐居于此，便有意将桓伊寄居于此。

当时，山下有一尼姑庵，桓伊就居住在庵中。山中有一名士乃蔡文姬后裔，为躲避战乱，隐居于此。桓景便让儿子桓伊拜师其名下，习文练武，传道授业。名士有一孙女名梅香，小桓伊两岁，便随桓伊朝夕相处，两小无猜。

桓伊读书习音，梅香研墨伴读。桓伊舞剑习武，梅香煮茶递巾。随着时光的流逝，一对青葱少年在云锦峰下长大成人。

那是一大雪纷飞的冬夜，云锦峰上万梅齐放，梅香醉人。云锦峰中的茅屋里传来了一阵阵、一曲曲悠扬婉转的笛音。忽明忽暗的松脂灯光下，已经出落得亭亭玉立、水灵般的梅香痴痴地听着爷爷吹着竹笛。桓伊乘着

雪色，循着笛声，走进山中，走进先生的草庐。

先生见桓伊满身飞雪，并不讶意："我知道你会来。"桓伊问："先生数年只教学生习文练武弄音，却从未见先生吹笛，今何弄笛?"先生笑着回答："你和梅香已长大成人，我将祖传之笛连同梅香，一同托付于你。"一对青年自然明白长辈之意。梅香脸颊红润，如同蜡梅初绽。桓伊满心喜悦，连忙叩谢先生。

先生所赠之笛，乃柯亭笛，是文姬之父蔡邕的传家之宝。蔡邕，东汉时期著名文学家、音乐家。汉灵帝光和元年，蔡邕奉汉灵帝之命，发表时评，得罪了宦官，一家被流放北国，后获释归家，又得罪了五原太守，便流落浙江会稽高迁。在会稽山上，正在建一座凉亭叫柯亭，皆用毛竹盖成。蔡邕在亭中小憩，忽然一阵风来，亭上竹檐上发出悦耳的声音。他细心观察，用心倾听，发现声音是亭檐上第十六节竹子发出的，便央求匠人将此竹取下，制成笛子，果然音声奇特，成为一支历史名笛，因此，此笛也就叫"柯亭笛"。

后来，因蔡邕为董卓门下名士，董卓被杀后，蔡邕为其叹息，被王允知道，迫害入狱，死于狱中。蔡邕之女蔡文姬才貌双全，精通音韵，柯亭笛便成了文姬的传家宝。

当先生将柯亭笛与孙女梅香托付于桓伊后，桓伊乘着云锦梅雪，便吹出了"梅花一弄"。次日清晨，桓伊仍然难以平复自己的喜悦与兴奋，又相继吹出了"梅花二弄"和"三弄"。就这样，一首名笛曲便在云锦峰下，回荡了几千年，就像云锦的山，云锦的水，云锦的云，年年岁月，亘古延绵。

二十岁那年，桓伊告别了云锦峰，告别了云锦庵，带着他"青梅竹马"的梅香，带着那支柯亭笛，带着这里的梅花雪景，踏上了人生新的征途。一支柯亭笛，随他在"淝水之战"中横扫千军万马，一战成名，而成为东晋时期著名的音乐家、军事家、政治家。一支柯亭笛，也就成了他那一生雪洁梅香般的爱情传奇。

一位佳人，一支名笛，一首名曲，一场战役，让桓伊一下子成了当时的"网红""大咖"，能一听桓伊弄笛，能一听"梅花三弄"，是当时名流社会文人雅士的一大幸事。

江苏南京青溪桥，有一古迹，名曰"笛步"，又名"邀笛步"，就是因王徽之邀桓伊弄笛而得名。

春半不回家，诗酒趁年华。那是初春的一天，大书法家王羲之的儿子王徽之去都城建康（今南京）城赴任，泊船青溪，恰好遇到桓伊乘车从岸上经过。王徽之早就听说桓伊的名气，不禁产生了强烈的好奇，于是，叫人过去拦住桓伊的车，说："闻君善吹笛，试为我一奏。"

桓伊此时，已是身份显贵，被誉为江左第一，但与王徽之素不相识，却早已耳闻其是当世名士和狂士，便缓缓走下车乘，坐在一张小胡床上，拿出那支柯亭笛，吹奏《梅花三弄》，一弄寒山绿萼，二弄姗姗绿影，三弄三叠落梅。吹毕，便上车开路远去。王徽之坐在船头，早已被悠扬的笛声，深长的曲意，走心的意境所陶醉，待他从笛曲中惊醒，桓伊的车乘早已不见了踪影。

就这样，不知是云锦峰成就了桓伊，还是桓伊成就了伊山。从此，云锦峰便叫"伊山"，云锦庵也改成了寺，叫"伊山寺"。只是伊山无梅，寺宇早芜，梅花三弄，成了一段历史的传奇。

如今，总想等一场雪落，等一片梅开，等一首笛曲，等一位故人，用白雪梅花填词，用禅心初见谱曲，然后，煮一壶光阴，煮一段历史，品一缕梅韵，品一段传奇，看青苔残瓦，守梅香旧梦，暖素锦年华。

（记于 2020 年 12 月 5 日）

本文刊发于 2020 年 12 月 15 日《衡阳晚报》副刊头条，发布于 2021 年 10 月 5 日湖南政协云以及网易、腾讯等网络平台。

衡阳梳篦：待你青丝绾正，许你红妆十里

若君为我赠梳篦，我便为君绾长发。待我长发及腰，与你共赴繁华。待你青丝绾正，与你迟暮天涯。

——题记

三千青丝，飘逸了多少岁月的淡香；一缕秀发，缠绵了多少红尘的故事。在水之岸，绿草萋萋，你一瀑长发，泼墨山水，妩媚了"关关雎鸠"；秋声之处，蒹葭苍苍，你千丝万缕，飞扬了沧海桑田。

头发，古人称为青丝，取"情思"之谐音，喻感情之寓意。女子的长发，是美的象征，是情的寄托。古人男女定情，剪一缕秀发，赠予心上人，寄千里相思，许一生托付。

梳篦，是梳理头发的工具，也是女人的闺品。后来，梳篦代替了秀发，成了男女间的定情信物。以梳篦互许终身，有白头偕老的期待，有长发及腰的夙愿，有发髻高束的愿景。

在民间，女子在出嫁之前，家人要为新娘梳头，并流传了地方民谣"梳头歌"：一梳顺心顺意，二梳白发齐眉，三梳子孙满堂，四梳美满吉祥，五梳身体健康，六梳夫家兴旺……每一梳，都是家人对新娘温馨而美好的祝福。

梳篦，不仅仅是梳头梳发的工具，后来还成为女人插在头发上的一种装饰。因为，绝大多数女人买不起金簪银簪玉簪，而梳篦大多是木质的，价

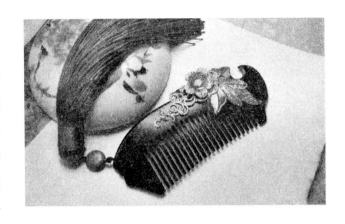

廉而物美，便成了女人追求的一种时尚。梳篦，可以梳出风情万种，可以绾出出水芙蓉，可以妆出云淡风轻。

关于梳篦的起源，传说与黄帝的正妃嫘祖有关。上古时期，有一个木匠叫赫廉，因按女人用五个指头梳理头发的习惯，制作了一个耙形的"五指"怪物，惹怒了黄帝。黄帝要处死赫廉，大臣皇甫欣赏赫廉的木工技艺，便要赫廉再做一把更小的"五指"木耙怪物，送给嫘祖娘娘。嫘祖娘娘用木耙怪物梳理头发，原本蓬头零乱而披散的头发被梳理得顺顺当当，飘飘扬扬。嫘祖娘娘甚是喜爱，便立即带着"怪物"去找黄帝。当黄帝看到一头秀发迎风飘逸的嫘祖，竟然比往日更加美丽动人，于是，心中大悦。当得知是赫廉制梳后，不但免去了赫廉的死罪，而且封他为木匠的统领。在赫廉的改良下，"五指木梳"越做越轻巧漂亮。宫中女人在嫘祖的传授下，个个用木梳梳头梳发，或将木梳插在绾起的发髻上。后来，赫廉便成了梳篦匠的祖师。

黄帝南巡，嫘祖随行。在衡阳县的岣嵝峰上，嫘祖定居西极（西池），教化臣民种桑养蚕，缫丝织锦，并教人们制作梳篦，梳理头发。于是，这里便成为了梳篦之乡。

制作梳篦，用材讲究，需要木质密实，且能溢散芳香的木材。如檀木、楠木、柞木、黄杨、桃木等。梳篦成了人们特别是女人的日常用品，更成了女人的装饰之物。梳篦散发出淡雅的香芳，更使女人增添了几分娇

媚与空灵。

于是，一头长发，一把梳篦，令多少红尘男女向往与追求。星眸含情，青丝飘逸，梳篦含香，情思荡漾，美醉了《诗经》，美醉了历史，美醉了多少公子与良人。不知多少个日夜，因为一柄梳篦，有人为你着迷，有人为你守候。妆罢低声问夫君，画眉深浅入时无？待我长发及腰，少年娶我可好？

梳篦，把相思梳理，让情思飘逸。一丝风，一丝雨，一丝情，一丝意，丝丝缕缕皆因你。赠你一把梳篦，赠你春风十里，赠你红妆十里，赠你相思十里。西楼临窗，月挂檐沿。是否，有人一直在灯火阑珊处，一边梳着长长的秀发，一边在静静地等你。若君为我赠梳篦，我便为君绾长发，阅尽铅华，从此后，日暮天涯。

茫茫人海，红尘深处，那个知你冷暖，恋你发香，懂你悲欢的人，是否依然守候在你红尘的渡口，是否依然守候在你的西楼窗下，在静静地欣赏。欣赏你那纤手执梳篦，酥手绾青丝的模样？你在一缕一丝地将，一缕一丝地绾，有人在红尘的星空下，痴痴地凝视着，或红檀，或黄杨的梳篦，那么的痴，那么的迷。

也许，他并未出现，你是他今生的红颜，梳篦便是你今世的相伴。你为他青丝高绾，他为你纵马雄关。你是他窗前的明月光，他是你心头的朱砂痣。没有山盟海誓，却有梳篦芳华。如今，你已长发及腰，愿为君抚琴。琴声悠扬，长袖飞扬。君许你嫁衣红霞，你息琴遐想。也许，终有一日，弦断音哑，但你，依然许君青丝白发。

一把梳篦，如美一人，清扬婉转；一缕长发，如情千丝，牵挂缠绵。长发及腰，少年可好？青丝绾正，红妆十里。

（记于 2020 年 10 月 15 日）

本文发布于 2021 年 12 月 27 日湖南政协云。

告别 2020，拥抱 2021

岁月不居，时节如流。不知不觉中，2020 年已经过去。在不经意之间，我们走过了一年四季，走过了沧桑流年。

在人生第一个居家隔离的春节中，我们思考生命的价值与厚重；在武汉封城后一批又一批逆行者的无畏中，我们思考灵魂的高尚与卑微；在忙忙碌碌的日子里，我们感悟生活的曲折与艰辛；在如水般的静夜里，我们铭刻时光的回味与记忆。

又是一年岁末，又是一年元旦。时光催老了我们的容颜，就像自然界的花草和果实，有荣有枯，有青葱有茂盛，有青涩成熟，有瓜熟蒂落。

站在 2020 年的岁末，回首这一年的光阴，仿佛过往就在眼前。有人一眼便是万年，有人一眼就是永诀，有人一眼便是未来，有人一眼便是一生的幸福与美满。多少个一眼，构成春夏秋冬的变幻。又有多少个一眼，构成人生经历的悲欢，构成世间经典的永恒。

这一年里，有冻瘦的思念，落上眉眼，冰凉如一抹雪花，融化成一滴滴晶莹的泪。有一城的繁华，冻成忧伤，半城风雨半城寂。是否，你的窗外，曾经也有愁绪如雪，落白你的城。是否，你的 2020，如凤凰涅槃，最终还是开出一城的烟火绚丽，开出世间的美丽传奇。

那春节里的牵挂，那离别时的回眸，那一城的灯火阑珊，也许，成了你我心中最动人的温暖，成为这一年里最难忘的片段，成为历史尘封里的一枚书笺。

一生很长，有好多好多的日日夜夜。一生也很短，最多只不过一百个岁年。岁月常催白发生，容颜易老迟暮添。回首过去，金钱与财富，名利与地位，皆抵不过岁月的流逝，也比不上岁月的珍贵。有人感叹："时光是把杀猪刀"，有人感悟："比起健康与平安，其他都不过是过眼云烟。只要健康，就是幸福，就该知足。"是啊，手机电量不足，可以再充，银行存款不多，可以再挣，唯有时间和人生不足，就再也没有了，更何况，只有健康的身体，才能享受幸福的时光。身体的"零件"坏了，很难再配，而且代价很贵，也许一生的积蓄，够不上一个身体"零件"。因此，还是平安是福，健康是金。我们应当珍惜时光，珍惜当下，珍惜年华，珍惜身体，珍惜人生一切美好东西。这，才是你我的本真和心愿。

一段渣江往事，一段故乡人文，一抹乡情记忆，在 2020 年慢慢发酵，成为一坛醉人的家乡老酒，为异乡的游子疗伤，为家乡的亲人御寒。还有我的家人，我的老师，我的同学，我的同事，你们的默默关怀，你们的无私付出，你们的真爱如饴，无不是 2020 年的春雨丽日，让我春不寒，冬不冷，一路有良人相伴，雨天有人送伞，天黑有人点灯。是你们，用大山般的双手托起我，让我站在各级领奖台；是你们，用博大的爱哺育我，让我的人生少些风雨多些晴。

2020 年，回首最忆。2021 年，未来可期。时值严冬，开启新元。冬有冬的来意，雪有雪的约定。冬之末，雪会记得一朵梅的香，风会记得一抹花的甜，我会记得一份你的好。没有一个寒冬不可逾越，没有一个春天不会来到。在这里，在这时，我们来一个约定，一起去赴一场 2021 年的春暖花开，相遇新的一季春风满怀。

执笔寒风缘念起，烟火人间遇见你。青瓦长忆旧时雨，流年深处皆美丽。雪白，茶温，书凉，梅香，琴音，筝韵，皆在等你，等我，缓缓归。

（记于 2020 年 12 月 31 日）

03
第三章

▼ **渣江酒席**

ZHA JIANG JIU XI

渣江酒席，
是家乡游子味蕾的记忆。
渣江酒席，
是家乡游子思乡的梦愿。

洪市芝麻糖：才下舌尖，却上心头

洪市，蒸水上游一个古镇，地处衡阳县西北部。悠悠蒸水，千年不息，养育着生活在这片古老土地上的人们。境内的天柱峰，一柱擎天，让这里的人们崇拜自然，敬畏天地，感恩生活。

这里的人们，无论是埋头种田，辛勤耕耘，还是低头吃饭，默默沉思，他们总不会忘记，要抬头看一看天，低头敬一敬地。无论是靠山，还是靠水，他们都有自己家乡的味道。这些味道，已经在漫长的时光中和这片土地同生长，共记忆。

这种味道，是甘甜的，是香脆的。这种回忆，是念旧的，更是美好的。一片薄薄的芝麻糖，沉淀了这里人们几千年的聪明和辛勤，沉淀了一代又一代洪市人的味蕾记忆。

洪市芝麻糖的制作历史十分悠久，具体何时，已不可考证。关于洪市芝麻糖的来历也有好几种传说。

在民间，有老鼠嫁女的故事。传说，老鼠在大年三十日晚上嫁人。为了让老鼠把女儿嫁出去，以祈求来年没有老鼠偷吃粮食，人们就自制一种糖糕，作为老鼠嫁女的贺礼。这种糖糕就是芝麻糖。

在民间，还有一种传统习俗，那就是腊月二十四日送灶神。灶神属火，有火才有灶。火是人类文明的起源，也是人类文明的象征。传说中的火神是祝融，主管人间烟火。每年腊月二十四日，灶神要回天庭述职，向玉帝禀告人间善恶和疾苦。为让灶神能在玉帝面前嘴巴甜一点，多为人间说好话，或让甜糕粘住灶神的嘴巴，在玉帝面前少说人间坏话，人们便自制加工一种甜糕，以敬奉灶神。这种自制的甜糕，就是芝麻糖。

过了腊月二十四，人间诸神上天，便百无禁忌。娶亲，嫁女，也不用择日子。因此，年底举行婚嫁喜娶的也就特别多。民谣云："岁晏乡村嫁娶忙，宜春贴子逗春光。灯前姊妹私相语，守岁今年是洞房。"芝麻糖，也就成了民间喜宴招待百客的食品。

还有一种说法，也不知是何年何时，蒸水河涨了一场大洪水，淹没了田地房屋，三日之后，洪水退落，人们发现一尊神像。于是，便在蒸水西岸发现神像之处建庙，以香火供祀。其中芝麻糖就是供品之一。从此，这里风调雨顺。因此，这里也就得名"洪罗（落）庙"。

传说总归是传说，但寓含着人们对美好生活的向往，对人间烟火的膜礼。洪市芝麻糖就像这些传说一样，充满了神奇，充满了向往，充满了朴素的智慧，在这里代代相传，成为当地一种小吃，成为一种味道，成为一代又一代洪市人的记忆密码。

祖先的智慧，家族的秘密，师徒的传授，人们在用心创造，在用情提炼，把人间的烟火，生活的滋味，制作成片片甘甜，代代传承。

春天，这里的人们将粒粒稻种，颗颗芝麻，播进春风，播进春雨，播进世世代代生生不息的土地。他们，像呵护着自己的孩子一样，看着种子发芽，长苗，开花，结籽，抽穗。在经历几个月的阳光雨露之后，在经历一个季节的艰辛劳作之后，用汗水浇灌的芝麻和稻子，就格外地沉甸。人们便开始收获一年的希望，一家的温饱，满心的喜悦。

在秋天的晒场上，他们精心筛选，把个大籽实饱满的芝麻，稻谷，用贮器收藏，作为制作芝麻糖的原材料。

制作芝麻糖，是一件神圣的事，必须用心用情，整个过程，充满了对天地和五谷的敬畏与崇拜。"蒸酒熬糖，称不得老行"，这是祖训。谦虚谨慎是熬糖的要领。熬糖，不是人人都会，它是一门技术，更是一种传承。在当地，有传男不传女的规矩。也许，熬糖是件体力活，怕女人吃不消，体现了男人对女人的呵护与体贴。也许，是怕女儿学会了，把技术带到婆家，抢了娘家的生意。但熬糖总离不开女人，需要女人的帮衬，需要女人烧火，加水，拉丝，切片，包装。因为，这就像过日子，有了女人，生活才有甘甜，日子才有滋味，家里才有烟火。

过了重阳，男人便把精心挑选的稻谷用推子或石磨石臼去壳，磨粉，过筛。男人推磨或砸臼，女人添料或簸壳。男人和女人配合得十分默契，根本不用担心添不进料或伤了手。

在准备米粉之前，男人要制作麦芽。把汲取日月精华，浸透汗水的稻谷，用箩筐装好，用冷水浸上一天，让稻谷吸饱水分，然后烧上一锅热水，把浸水的谷子倒入锅中，进行搅拌，让谷子受热均匀。热水的温度，不能太高，也不能太低，这要凭经验，全靠男人的技术。

女人在灶膛烧火，男人在一边搅拌，一边吆喝，告诉女人火的旺盛程度。当稻谷经过热水浸泡后，便用箩筐装好，盖上稻草以保温保湿。经过一两天的发酵，稻谷生了白根，长了白芽。这时，便可以进行晾晒。晒干后，研进粉，这就是麦芽酵母，作为芝麻糖的发酵原料，然后根据分量的多少进行添加，拌匀，上锅蒸热，凉冷，置于缸中，让它慢慢发酵。发酵后用蒸锅水洒在原料上，倒进锅里继续熬，再逐步加水，当糖汁成浆后，用纱布过滤。滤去酸涩，留下甘甜。如同洪市人们的生活，滤去艰辛，收获幸福。再熬，再用木棍不停地搅拌，直至用木棍挑起一点见风即脆为止，糖糕便制成了。然后，就是在糖箱里盘型，在案板上压片，用小火刀把糖糕切成一段一段，一块一块。糖片的厚薄，全靠手法的娴熟程度。熬糖，也像做人，簸去杂念，升华品质，熬出本性。

芝麻，是糖的辅料。没有芝麻，就没有点缀，就像生活，如果少了日常的点点滴滴，那就不是生活，就会单调。女人把芝麻用水浸泡几个时辰，然后晾干，炒熟。在火的炙烤下，芝麻褪去了皮，暴露出了白白的仁，就像这里的姑娘，女大十八变，那么的白润，那么的惹人喜爱。将切片的糖糕在褪了皮的芝麻里打几个滚，于是，芝麻的香，谷芽的甜，成了绝妙的搭配，既有口感又有味道。同时，也寓意着生活，如同芝麻开花，节节高。

纯天然绿色的原材，通过洪市人精心娴熟的制作工艺，又融入美好的寓意，简单的包装，拙朴的智慧，便在那一片片晶润剔透，沾唇留香，入口即化的芝麻糖上，体现得淋漓尽致。

洪市芝麻糖，是对自然和时序怀着不变的信任和尊重，每一次艰辛，每一次劳作，每一次喜悦，每一户人家，都会获得甘甜的回报。

无论脚步走多远，在洪市人的记忆里，芝麻糖的味道，就是故乡的味道，就是父亲母亲的味道，总是那么的熟悉而想念。那种味道，一头连着哪怕是千里之外，云水迢迢的异地他乡，一头始终连着的是永远牵绊着记忆深处的故乡。

母亲总会把一片片，一包包小小的芝麻糖，深植在孩子的记忆中。这些甜蜜，香甜了孩子们一生，即使走得再远，芝麻糖的味道，也会唤醒他们的记忆，让他们记得家的方向。

这就是洪市芝麻糖的味道。这就是家乡山的味，风的甜，云的香，阳光的鲜，更是岁月的暖。也是人情的味道，辛勤劳作的味道，和对未来生活充满美好甘甜的味道。这种味道，已经在漫长的时光中，在故土的情感和信念里，年年发酵，成为一代又一代洪市人的故乡情怀和深深思念。

一片薄薄的芝麻糖，浸透着青春和汗水，浓缩着智慧和勤劳，蕴含着祈祷和美好，熬制出了岁月的甘怡和芳香，练就了洪市人朴实的品质和本色。

洪市芝麻糖，世间甘甜几人尝。才粘唇齿，却有香盈；才下舌尖，却上心头……

（记于 2020 年 5 月 5 日）

本文收录于衡阳市非物质文化遗产名目集。

等你，在这个迟来的春天

2020 年的春天，来得有些迟缓。因为一场疫情，把这个春天的序幕扰得甚是零乱。宅在家里，戴着口罩，城里不知季节已变换。但春天总会到来，人们那思春盼春的心却始终没有改变。

于是，便有许许多多的思念，在春天生长。思念着美好，思念着温暖，思念着春暖花开的春天。这种思念，陪伴心间，温暖流年，温暖一页历史的片段。

如今，惊蛰已过，春分又临，我在白石园的烟雨花田，把你思念。念你如初，念你安然。陌上花开，油菜田田，流水碧涟。

我在等你，等在雷祖峰的顶点。等待你，伴着春韵，带着浅笑，释放压抑的心情，走进自然，走进这个天上人间。用你的美，你的暖，你的爱，明媚彼此的今生。

等你，在蒸水河畔。有一江春水，有孤舟蓑笠。两岸的杨柳，在春风里低眉垂眼。你不来，三月的柳絮不飞，陌上的花不艳。你如来了，又怕乱了花的容颜，又会乱了谁的心扉。所有的花朵在次第开放，只为你，绽放一片盛世繁华，暗淡了多少鲜衣怒马，只为等你一个喜欢。

清浅年华，清香花间。你如江南，明媚动人。江南如你，细腻温婉。很想约你，来赴一场春天的待见，很想站在故乡古石桥上，等一场细雨如绵，为你撑一把油纸伞，为你把那青丝绾。

我在烟雨迷蒙的屼嵝峰上等你。等你给这个季节一个深情的回眸，把自己最美好的样子，开成山花，开成绝色，开成人间一片惊艳。亦如你的那场初恋，风雨过后，你变得更加斑斓娇艳。

也许，前世，你是嫘祖庙前一朵青莲，缕缕梵音伴你千年。也许，你是藏经殿里一册画卷，多少信徒为你点上青灯。而今，你为花颜，我为素笺，你为春风，我为雨烟。你因相思成豆，谁化青鸟衔环。你因思念成殇，谁化雨后彩练。

等你在金华山下。等在烟雨油菜的水墨丹青里。等你的身影穿越沧海桑田，含笑低首，指尖轻滑秀丽的发丝间。一见倾心，再见倾城。彩蝶遇见了花开，花儿遇见了你来。我们，相遇在最美的春天。听花开的声音，听雨落的寂静，听云的留恋。

一抹雨烟，朦胧了几许春寒的涟漪，一半被风吹去，一半赋岁月流逝。雨烟微湿青衫，回眸时，有倩影映湿眼瞳。有谁，在静静等你，等在春天遇见的路口。不要说，春天最美。这个世上，有什么能抵过你的一个嫣然，一个回眸，一个眉眼。那烟雨中的妩媚，那如花含苞般的矜持，成为这个春天最美的诗笺。

苍茫的月下，什么都可以想，什么都可以不想。便觉得是个自由的人。白天一定要做的事情，一定要说的话，现在都可以不理。这是独处的妙处。我且受用了这无边的春夜月色好了。

等你，在这个春天。掬一缕季节的香风，等一场百花的盛放。满眼春色，满眼情深，满眼归燕；等你，在一个人的心里。等待花开，等待与你，去执手共赴一场春光的绚丽，去赴一场百花齐放的妍宴。

三千繁华，比不上你一个微笑。春风十里，不如你在身边。最美的花，开在心里。最深的情，放在心底。最美的季节，是在美好的年华里遇见了你。

春意是生活，推窗是烟火。十里禅月念，十里轻寒烟，十里桃花灯。你来，还是不来，念，还是不念，我都等你，在这个迟来的春天。

（记于 2020 年 3 月 12 日）

本文刊发于 2020 年 3 月 17 日腾讯网、看点快报。

谷雨时节，采一缕茶香慰风尘

江南的春暮，花事已谢，新绿盎然。一个勤劳而娟秀的女子，以烟雨朦胧的模样，端坐在春末夏初的季节里，散发着庄稼的清香。

这位女子，名叫"谷雨"。谷雨，是一个农事节令，也是一位岁月佳人。此时的人们，受命于谷雨的一切一切，穿梭忙碌在如酥如歌的季节里。清明麻，谷雨花，立夏栽稻点芝麻。清明早，小满迟，谷雨之夏正相宜。雨中的田地里，那些披蓑戴笠的身影与清新的田野，构成了一幅醉美"人间四月天"。

谷雨有三候：一候萍始生；二候鸣鸠拂其羽；三候戴胜降于桑。意思是说，谷雨来临，雨水渐多，浮萍生长，布谷鸟振着翅膀飞来，关关雎鸠的季节开始了，劳作的季节也开始了。有美丽的戴胜鸟降落在桑树上。《月令七十二候集解》云：三月中，自雨水后，土膏脉动，今又雨其谷于水也。谷雨，谷得雨而生。此时，春水盛蓝，浮萍初发。有雨打浮萍，有关关雎鸠，有戴胜飞舞。哪怕是萍水相逢，也会谷遇雨生，情遇雨绵。

关于谷雨，还有一个动人的传说。据《淮南子》记载，上古黄帝时期，一位名叫仓颉的贤人，辞去官职，遍访九州，然后回到家乡，居住在一山沟里，观察鸟的足迹，日月的形状，潜心造字，一晃三年，造出了许许多多的文字，惊天地，泣鬼神，玉帝深受感动，要送他宝物予以褒奖。然仓颉心忧

天下，毅然拒绝，请玉帝播五谷于天地，福泽苍生。于是，天落谷（粟）雨，谷遇雨生，几个月后，遍地丰收。为纪念仓颉，人们便把春天最后一个时节称为"谷雨"。

于是，谷雨便与庄稼，与农时紧密相连。"布谷""布谷"，有布谷声声在催促着农人，赶紧耕耘，播种采桑。

谷雨时节，更是江南采茶的时节。诗写梅花月，茶煎谷雨春。谷雨季的茶山里，明媚动人，欢声雀跃。采茶女不误时令，将最佳的谷雨茶采满茶筐，收满茶篓。

雨前雨后采茶忙，嫩绿新抽一寸香。采茶女深知时节的把握。采茶，早一天则嫩，迟一天则老。于是，她们戴青花头巾，或手挽竹筐，或肩挎茶篓，行走在茶山的云雾里，融入到翠碧的茶绿中。一曲曲悠长的采茶调，从一个山头，飘向另一个山头。时而，有阵阵嬉笑，在云雾里开了花。她们如行云流水，轻盈而出，浅笑如茶，一双双巧手，拨青弄翠，盛接着一壶季节的雨水，采撷着一叶清香的华年。未见丽人影，先闻笑语声。江南的山山岭岭，便因为谷雨般的女子生动了起来，便因为谷雨这个时令，忙碌了起来。

谷雨时节，也就多雨。茶叶，在谷雨里抽着新芽。采茶女，在谷雨里生长着心事。煮一壶谷雨新茶，沏一杯谷雨青茗，听檐下雨声，品心中宁静，品季节流年。然后，你开始等，等谷雨停歇，等茶香悠远，等远方的云雾散去，等一个人儿归来。在恰好的时节采一缕新茶，茶则甘甜。在最美的年华里与你相遇，才是人生幸福。

谷雨至，晚春始。山里年华，试煮新茶。是否有人陪你顾星辰，是否有人唤你茶已冷。过了谷雨，又要等上一年。远方的人儿，你可知，家乡的茶园已开园，家乡的茶姑也悲春。

家乡的采茶女，你是否还在叹喟，奴与春风皆过客；远方的心上人，你是否还在思念，要携秋水揽星月。你啊，以茶山为盟；君啊，以谷雨为渡。你煮一壶人间烟火，只想为君不忘归途；你煮一缕茶香，只想润慰你的春心。你采一叶新绿待君归。他呀，是否知道你的情意？

家乡的茶园，年年为你绿。家乡的茶香，始终有温度。诗酒趁年华，谷雨煮新茶。只问耕耘，莫问春尽，便有缕缕清香，流淌在人生的春天里；便有美好的思念，流淌在记忆的谷雨里……

（记于 2020 年 4 月 19 日谷雨节）

本文刊发于 2020 年 4 月 22 日《新湖南》客户端。

古桥遗韵

有水便有河，有河便有桥，有桥便有路。蒸阳大地，溪河纵横，犹如一条条脉管，在默默地哺育着这里的人们。

流连陌上，或烟雨迷蒙，或丽日和风，或秋水苍蓝。一座座古桥，犹如一把把古琴，在蒸阳大地弹奏着春夏秋冬的音韵，日复一日，年复一年，总是那么的绵长而悠远。

一座座古桥，长满了青苔，鲜活了曾经的年华。桥面上，被红尘过客踩踏得残缺的石板，似乎还在回荡着曾经的马蹄声。斑驳的古桥，不知模糊了谁的记忆，勾起了多少泛黄的乡愁。

游走的云，流逝的水，飘荡的风，还有那淅淅沥沥的雨，都仿佛在诉说一座座古桥的流年往事。

这里的古桥，大都是石桥。有人说，它是一首诗，用江南般烟雨婉约了她的身世；有人说，它是一段史，用历史的烟云朦胧了多少前尘喧嚣；有人说，它如一位饱经沧桑的老人，不知经历了多少风雨的洗礼；也有人说，它是一位绝世佳人，静卧天地千百年，在守候着一段时光温凉和岁月静好。

如果说，三月烟雨中的古桥，是江南水墨中的一抹孤虹，那么，秋冬里的古桥，便似一位痴情的儿郎，在寒冷的风雨里，静候着一次倾心的邂逅。

也许，那一座座古桥，就是人们心中那曾经的遇见。也许，是在静候某一天某一人的经过。佛经里有一个故事，阿难对佛祖说：我喜欢一女子。佛祖问：你有多喜欢？阿难说：我愿化身石桥，受那五百年风吹，五百年日晒，五百年雨淋，只求她从桥上经过。也许，这就是一见钟情的倾心，这就是不问回报而付出的等待。等那女子从桥上经过，而你只能与风雨厮守。这就是遇见之美，邂逅之恋，期盼之愿。

正是因为，有了化身为桥，有了痴心为岸的红尘故事；正是因为，有那通向远方的向往，有那彼岸花开的迷恋，便有了溪河春心碧波的荡漾，便有了古桥望穿秋水的缱绻，便有了风吹雨淋千百年的古桥遗韵与誓言。

放眼蒸阳的水脉，座座古桥横跨溪河秀水，远处是高山淡云，近处有渔舟唱晚。河流有宽有窄，石桥有大有小，单孔，双孔，因河而异，皆为石拱；平石，条石，就地取材，皆为智慧。石石成诗，桥桥成韵。

不管是老树横斜，"鱼宿枝头鸟宿水"，独揽一河云月也好，还是青竹水畔，"伤心桥下青波绿"，娇依半江秀色也罢，都不能穷尽古桥的绰约风姿和丰富内涵。只有走近古桥，走进一座座古桥的历史，用心去寻觅，用情去发现，用爱去抚摸，才能真切地感受到它的厚重与温度。

沿水而栖，依河而居。一河两岸，一水两街，一桥成路，让人感受到的，是水与人和谐安详的幽远古风。

蒸阳的每一座古桥，都蕴藏着一段沧桑的历史，饱含着多少人文的故事。蒸阳每一座古桥，都是历史的一面镜子，是生产力发展的一种"化石"与标志，是淳朴民风的一种物化，是历代地方官员关心民间疾苦，重视水利交通的历史见证，亦是历代文人墨客心灵的栖居。

也正是因为有了古桥，才有了一个个地标和地名。板桥，杉桥，新桥，石头桥，狮子桥，银溪桥，演陂桥，库宗桥，三合桥……古桥，便融入了人们的记忆，成为人们乡愁的基因。修路架桥，行善积德。淳朴的民风，乡情的沉淀，使一座座石桥同时也是一座座道德与仁义的丰碑。

正因为有了桥，也就有了诗和远方。"小桥流水闲村落，不见啼莺有吠蛙"，"鸡声茅店月，人迹板桥霜"，"半烟半雨溪桥畔，渔翁醉着无人唤"。古往今来，有多少离人游子桥头送别，犹如溪河之水，一路向前，经年之后，不曾回头，也无法回首。"念桥边红药，年年知为谁生"，"何事吟余忽惆怅，村桥原树似吾乡"。

古桥，是这片土地上美丽而忧伤的留守；古桥，亦如这片土地上父辈母辈那无奈而顽强的企望；古桥，如一壶壶芬芳馥郁的湖之老酒，每品一口，都会留下醇厚绵长的回味，可以让人在宁静淡泊中，洗涤心中的浮躁和虚华。

一座座古桥啊，它承载的是历史的重量，连接的是道路漫漫的天涯，等待的是在水一方的蒹葭之霜。

岁月，沧桑了古桥的容颜。时光，沉淀了老桥的记忆。是否，有一颗颗心灵，搁浅在古桥的彼岸？那一座座古桥啊，哪怕自己再老态龙钟，再瘦骨嶙峋，再风雨沧桑，再不堪重负，也要弯成一把弓，也要化作一道虹，把生活在这片土地上的人们，和他们那对美好愿景的向往，射向远方……

（记于 2019 年 9 月 26 日）

本文刊发于 2021 年 11 月 9 日《衡阳晚报》副刊头条、2021 年 12 月 3 日湖南政协云。

凝望古树

岣嵝峰，大云山，或者将军岭，祠堂前，宅院后，或者大源冲，总有古树在这片古老的土地上，兀自生长。

云绕着山，风吹着云，雾缠绕着岚。

在这里，白云和绿色，星光与日月，年轮和岁月，仿佛是在倾听天籁的声音。

对于这里的古树来说，百年就像昨天，千年就是昨年。每一年叶生叶落，或者花开花谢，岁月就翻过去一天，年轮就多了一圈，日子也就多了一份沧桑，多了一份流念。

凝望古树，倾听《诗经》的思念。"山有木兮木有枝，心悦君兮君不知"。多少痴情男女，多少信男善女，把你当做情的寄托，爱的祭坛，梦的栖枝。

"南方有嘉木，北方有相思"。谁是你要的那杯茶，谁是你题诗的那片叶，谁是你沧海桑田的那个家。于是，有古树绿裳披肩，有锦帛彩云摇曳。多少人想向月亮，借那一根红线，把情缘与你根脉相连；又有多少人，想做一根青藤，与你一生缠绵；还有多少人，在对着你许下："山无棱，天地合，冬雷震震夏雨雪，乃敢与君绝"的誓言。

唯愿，像你一样，站成永恒，只有时光静好，没有人间悲观。一半在泥土里安详，一半在风雨里飞扬；一半洒落荫凉，一半沐浴阳光。但有岁月可回首，且把深情待回眸。

凝望古树，感恩自然的馈赠。天地轮回，辰移星转。你汲日月精华，聚山川灵秀，饮人间烟火，站在高岗，站在平原，站在无垠的旷野。

多少人仰慕你的伟岸与洒脱，千辛万苦跋涉那么远，只为看一眼你的容颜。沧桑的岁月，雕琢着年轮的刻痕，飒飒间，有风拂面，无论是深绿的身段在摇曳着你的舞姿，还是金黄的蝴蝶在绚丽你的灿烂，抑或火红的叶子在宣泄着你的情感，你都永远站在高处凝望，凝望着这红尘阡陌的无边。

那从远方赶来的候鸟，是否是来读你的诗篇，读你那满脸的风雨，抑或只为一年一度的遇见？几度聚散离合，你始终无言地伫立，撑起清凉一片，凝望天地高远。

你若静止，清风自来。薄雾为锦，星月为灯。感恩自然的馈赠，感恩生命里每一个春天。

凝望古树，勾起了乡愁的忆念。温一壶往事，与风月叙旧，问亲人安好。因为，你是路标，是方向，是归家游子的导航，是疲惫游子梦里的家园。

不管你生长在村头，在井边，还是长在白云生处的荒原，你都在日日夜夜，把远方的人儿深深挂念。谁人树下挂烟袋，谁人树下曲委婉，谁人听懂琴悲欢？也许，远方的游子，如春风过客，而家乡的古树，你却携秋水长天，夜夜揽星月，日日望眼穿。

因为，你是游子藏在心里的那一首歌谣，你是秋天依恋的那一抹云彩，你是游子夜夜思乡的那一片情怀。你把太阳和月亮的颜色，浓缩成了人生渡口的风景，那么近，又那么远……

凝望古树，无论是界牌将军岭上那一株苍松，还是湘西草堂前的那两株翠柏，还是九峰山上的那两株连理，或者大禹庙前那一株金钱，你总有一缕清风，一片悠云，一份沧桑，让人感受到你那岁月不居与时光不老的依恋。

凝望古树，无论是杉桥白石园里那一株古樟，还是渣江黄柏冲的那一株梭罗，或者织女湖畔的那一株桂王，人们对你，总有一份虔诚，一声祈祷，一心敬畏，在聆听你生命的跫音与执念。

凝望古树，回首来路三千，一晃似水流年，才知，我若游子流云，你是人间最美四月天……

（记于 2019 年 11 月 26 日）

本文收录于衡阳县《蒸阳古树》集，刊发于 2021 年 4 月《散文选刊》下半月版。

渣江酒席

渣江，衡阳西乡的一个千年古镇。说起渣江，人们就会想到彭玉麟，想起二月春社。最令人难忘的，还是渣江的土菜。因为，一个地方的菜肴就是一个地方的标志，也是一个地方的乡土人情，更是一个地方最朴素最原始的情感寄托。

渣江的酒席，除了渣江人的热情好客之情外，更能体现的是渣江人的聪慧与手巧。渣江人把深厚的历史文化与一桌菜肴，在袅袅热气和缕缕烟火中得到升华，以色的鲜艳，香的诱人，味的忆念，形的多样，呈现给了历史，给了当下，给了他乡的客人，给了远方的游子。它让你回味，让你思念，让你想起母亲在灶台前忙碌的情景，让你想起家乡酒席的热闹场面。

这里的人家，每逢嫁娶，老人"百年"，小孩"三朝"或"满月"，逢年过节等喜事、大事，都要"摆酒席"。"摆酒席"最重要的事情就是安排好菜肴。渣江的酒席，俗称"呷十甲碗"。所谓"十甲碗"，就是酒席上的十道菜。

渣江"十甲碗"，五干五汤，荤素搭配，不油不腻，就地取材，自然简单，不华不奢。"五干"即橘皮扣肉，红枣桂圆炖土鸡，油炸全草鱼，土头碗，炒干笋或烟笋。"五汤"就是海蛋汤，剁鱼汤，三鲜汤，假羊肉，霉豆渣汤或水豆腐汤。

简单的食材，却是美味的来源。朴素的酒席，却是情感的维系。有的食材甚至很土很廉价，也许被人瞧不上眼，被人视为"上不得正席""登不得大雅"，但经过渣江人的精心搭配和调理，把渣江的特色、渣江的文化、渣江的乡情，演绎得五彩缤纷，沁人心脾。

因为，渣江酒席是渣江历史文化的积淀。渣江土头碗，是渣江酒席必上的一道菜。它有荤有素，内容丰富，寓意吉祥，也有人文故事。有诗云："圆圆宝塔七层楼，美味佳肴亘古流；盛宴家筵尊头碗，迎宾待客世情悠。"土头碗形似宝塔，共有七层，最上层为鱼丸和蛋糕子片、猪肝片、猪腰花等，下是黄雀肉坨坨和糯米锅烧丸子，以及用红薯粉做的"刮丸"，再用圆蛋、红枣、红豆等"打底"。"黄雀肉"又是土头碗的主料，是用面粉、糯米粉拌红薯丝、土豆丝或南瓜丝，经油炸后，形成有棱有角的小坨坨。炸"黄雀肉"，在渣江俗称"下炸"。只有重大节日、喜事才"下炸"，是渣江办酒席中一个最神圣最标志性的环节。一场酒席摆办得是否成功，"下炸"是关键。因为"下炸"需要的食材多，曾经还不富裕的年代，"下炸"还代表主家的经济实力和富裕程度。

土头碗还与彭玉麟有关。曾为彭玉麟招待客人的家乡特色菜。因此，也叫"玉麟香腰"。

渣江假羊肉，更是历史悠久，曾为渣江春社的祭菜。传说宋徽宗年间，徽宗的一名妃子流落民间，来到渣江，因一路颠簸，水土不服，身患伤寒，一病不起。一位渣江大嫂收留了她，并用红薯荷折皮加猪头肉做了一碗麻辣汤给她吃了。皇妃吃完后，出了一身的大汗，随后，竟然大病痊愈。这道菜不是羊肉，却能吃出羊肉味，故叫"假羊肉"。其实，食材再简单不过，用红薯粉皮（俗称"荷折"）加上用文火炖得能用手撕成一丝丝一片片的猪头肉，加上花椒、桂皮熬水，再加上本地红辣椒粉、蒜子或蒜白等佐料，便是一碗经典的土菜，让你吃得不知是真是假，是荤是素，让你吃得全身热血沸腾，热汗淋漓，大呼小叫，直呼过瘾。

渣江酒席，还是渣江人心灵手巧的表现。曾经，这里的人们男耕女织，日出而作，日息而归。他们用聪慧去追求美好生活，他们用一双巧手去打造和改善一日三餐。在物资匮乏的年代，他们不但要解决果腹的问题，而且在千方百计改变味道的搭配。扒海蛋，剁鱼汤，霉豆渣，就是渣江人不甘平庸，追求美好生活的体现。

他们自足自给，自家养的鸡、鱼，通过自然原生态的加工，便成了美味佳肴。把鸡蛋、鸭蛋搅成蛋汁，然后拌以鲜嫩的笋尖丝、木耳丝、香粉丝等辅料，然后上甑文火慢蒸，待蛋汁凝固后熄火冷却，用刀划成均匀的一块块小菱形，便是扒海蛋汤的主材，再调好汤料，佐以葱花、姜米，即成一碗看起来汤清亮、蛋金黄，吃起来酥松爽口、唇齿留香的海蛋汤。蒸海蛋时，火候甚为讲究，火急了，火大了，蒸久了，海蛋就太"老"，就会起"蜂窝"眼，吃起来像咀海绵，枯燥而乏味。火小了，火候不到，海蛋就难定型凝固，就会松松垮垮，既难看，也不好吃。唯有渣江厨娘，就像训服男人一样，不温不火，不急不躁，恰到好处。

一碗剁鱼汤，可以鲜得让人心脾舒展。一当办酒席，男人用木桶、木盆、木料，搭成一个简易的木筏，放到自家或邻居的水塘里，一人撑篙，一人撒网。塘边溪边的石级码头上，女人们在磨刀等待。刚从水里网上来的草鱼，活蹦乱跳，一到女人们的手里就服服帖帖。女人们手脚麻利，动作娴熟，将鱼去头去尾，剖肚剁肉。

厨房的柴火熊熊，又大又旺。案台上，早已配好了嫩冬瓜、嫩南瓜、嫩丝瓜等时鲜蔬果，一锅滚烫的汤料在吱吱作响。女人们将剁成一小块一小块的食材送到灶台，便被汆进锅中，这时，要猛火，鱼一入锅杀腥，便可起锅上桌。这就是剁鱼汤，鱼肉鲜嫩，鱼汤溢香，瓜果爽口。

渣江的霉豆渣汤更是神奇。渣江人的节俭，渣江人的聪慧，从这一碗最廉价的豆渣汤可以看出。人们在制作豆腐时，将剩下的豆渣通过发酵，变废为宝，变腐霉为神圣的美味。霉豆渣的制作过程技术含量很高。有人把豆渣比作"弃妇"，但她在经过时间的沉淀和在温床中的思索，将心事慢慢发酵，由涩变酸，由酸变甜，将颜容渐渐梳妆，由哑白变黝黑，由黝黑变浅黄，由粗糙变细嫩，最终，犹如山鸡变成了凤凰，犹如珠黄变成了佳丽，从而以小家碧玉之仪态，款款地登堂入席，让无数人为她倾倒和沉迷。

渣江的酒席，也是一方水土悠悠乡情的维系。渣江人摆酒席，从不奢侈浪费，热情才是本真，联络感情才是本意。哪家有喜事、大事，乡亲们都会来帮忙。人情份子钱自然要给，但不分多少，人到人情到，也从不攀比，来的都是客。

一方方八仙桌，围坐亲朋好友，聚集左右邻居。拉家常，叙旧情，话故人，办酒席为乡情、亲情提供了一个好机会，好场合。说着说着，厨房里一片忙碌之后，跑堂的手托长方形条盆（亦称茶盆），最多的一次可托起六碗菜，不偏不歪，稳稳当当，送到客人桌前，一声吆喝"菜来了"，让客人连忙收起话题，赶忙入席，随吃边聊。

酒过三巡，菜上一半，有长辈或在当地有名望的人，站在堂屋门前，开始"邀席"。"邀席"，就是主家的"答谢词"，是长者代表主家对客人表示感谢之意和祝福之言。

"十甲碗"自然吃不完。主家也想得周到，早已为客人备好了"收菜"打包的荷叶、芋叶等。客人们除自己吃外，总还惦记着家里的老人和孩子。在还吃不饱的年代，客人们在吃酒席时，总是自己少吃点，多收点菜回家。中国的传统孝道和父母牵挂儿女的亲情，从渣江的酒席上得以延绵。

渣江的酒席，也许是传统味道的当代呈现，也许是家乡人们情感的纽带，也许是渣江游子思念家乡的悠悠梦愿……

（记于 2019 年 4 月 25 日）

本文刊发于 2019 年 4 月 29 日《今日头条》、湖南旅游、湖南美食，2019 年 4 月 25 日腾讯网。

界牌火灯节，遇见温暖遇见你

恰好你来，恰好我在，恰好那是春暖花开的一天；恰好你来，恰好她在，恰好那是一次温暖的遇见。

——题记

在南岳的后山，有一个古老的小镇，叫界牌。曾经因为界牌陶瓷而盛名。而如今，因为一个"火灯节"的民俗，而热闹，而美丽，而温暖。

火是温暖的象征，灯是光明的使者。南岳祝圣，就是传说中的火神。他教化子民，传播火种，给人间带来光明，给人世带来温暖，也带来灯火阑珊处的美丽与历史的温度。

因为，界牌为南岳后山，是光明与温暖的发祥地，也许，这就是界牌人们世世代代祖祖辈辈对火灯那么崇拜，那么膜礼，那么虔诚的重要原因。

由于对火的崇拜，这里便生长了许许多多的故事和传说。这些故事与传说的情节，都是关于火，关于灯，关于美丽与温暖。

有人说，这里原来是一个与世无争与世隔绝的小村镇。这里的人们喝的是衡山清冽的山泉，呼吸的是南岳幽兰般的空气，男耕女织，犹如世外桃源。

到了明朝永乐年间，这里，连年遭受虫灾，飞蛾蔽日，庄稼无收，人们生活凄苦。有一位曾在雁峰寺出家圆寂的高僧，因活了一百多岁，称为寿佛，他托梦给这里的人们，点火点灯，可以驱除虫灾。于是，人们在夜间举着火把，提着灯笼，行走在田间阡陌，果然灵验，从此，日子太平。为纪念这位高僧，人们便在小镇立庙祭祀，每逢农历二月初七日，也就是在寿佛诞辰的前一天，耍火灯以示纪念。这一民俗，薪火相传，流传至今，已经六百多年。

如今，春风伴着流云在山涧飘荡，古老的神话穿越历史的山谷遥望远方，惊蛰的阳光开始染绿银溪河畔的新桑。同时，这里灯光的光芒，在追逐着千百年的情感。

界牌的火灯，也许另有一种诠释，另有一个传奇。那就是道是无情却有情的"火祭"，那就是飞蛾扑火，也义无反顾，只为一次惊心或温暖的遇见。

你本是南岳后山修行的一羽蝴蝶，有一个美丽的名字叫"娥娘"。你完全可以潜心修炼，完全可以破茧成蝶，完全可以羽化成仙，完全可以曼舞在天地自然之间。可你，不知是迷恋他案前的烛光摇曳，还是怜惜他秉烛夜读的寂寞清冷，或者，你就是他在灯罩下放飞的那一羽娥娘。你却不惜以身相殉，只为与火、与灯、与他一次温暖的遇见。

谁人能知，你是在追求光明，还是在寻找温暖。你是在追求真爱，还是在效法"洞庭锦鲤遇书生"，烟雨断桥"白蛇遇许仙"。哪怕是火光点燃你的素衣白裳，哪怕是你化灰成影，也要为君痴情，为后人，为世间，安排一场因为火灯的温暖遇见。

在这春寒微凉的季节，你们都在等待一场几百年后的邂逅，等待一场也许凄美，也许温暖的遇见。

季节微凉，灯火微凉，墨砚微凉，琴弦微凉，心事微凉。无关风月，无关流年，错对无妨，只求每年能够让你看上他一眼。

火光描摹你痴情容颜，蝶衣不经意沾上他的泪烛点点。你的舞姿曼妙，烛焰摇晃，明知不可能，你也还要为他赴汤蹈火，趋之若狂。

灯笼红红，高挂在古镇的回廊。烛光微暗，摇曳在夜的空旷。一堆堆熊熊燃烧的篝火，把整个小镇，照得红光通亮。这里的人们把你当作灾难，用灯火驱赶。谁人知你啊，痴心不改，痴情不移，只想去赴温暖美丽的遇见一场。

诀别，是因为深藏着眷念；惆怅，也许是最好的忆念。于是，你用经世轮回，换他枕边月圆；他用狼毫墨砚，描你旷世容颜。春雨夏雷，秋风冬雪，他把你描摹在界牌瓷泥的素胚之上，用火的烈焰，让你如同凤凰涅槃；用窑烟的美丽，让你在五彩瓷上迎风翩跹。他把你那份赴汤蹈火的痴情，烧成绝恋，造成永恒。而你啊，三生三世，只愿为他一人低眉，只愿为他一人惊艳。

有人说，今生所有的相遇，都是久别重逢的依恋。"一生至少该有一次，为了某个人而忘了自己，不求有结果，只求在最美的年华里，遇见你"。是啊，青春染指了人世芳华，流年恰似春天繁花。你总在等啊，等待着一年一次的一场遇见。等待一场，恰好你来，恰好他在，恰好这一天春暖花开的温暖遇见。

二月的春风，带走了陌上烟雨。小镇的灯火，又将点亮春天的夜空。那个因躲避战乱，隐居这里两年的宋徽宗皇后李娘娘，曾在望夫楼上梳头，曾在桂花台上吟诗，曾在雷钵岭上问讯中原，是否还在惆怅，"寄信无从已两冬"？是否已经轮回转世，簇拥在火灯节的人流里，美眸巧盼，娇丽浅笑，莲步轻翩？那个忠君护国，为救娘娘，坠马而亡，长眠于此的宋代将军，是否也在等候这里一年一场的火灯遇见？

今日，不知是否有人，依然会等在界牌的路口，等在春天的季节，等在银溪桥边，等在将军岭上，等在寿佛殿前，等待着，遇见火灯，遇见温暖，遇见你。

不论谁对谁错，不论流年几何，不论荒诞与经典，愿你，每一次重逢，都是明媚的火灯；每一次邂逅，都是心跳的期待；每一次遇见，都是余生的温暖。

一瞥回眸，一生铭记。一次遇见，一生温暖。唯愿，在最美的年华里，我们遇见……

（记于2019年2月初）

本文收录于湖南非物质文化遗产名目集、刊发于2018年9月12日腾讯网。

渣江蒸水风光带序

此文镌刻于渣江风光带景观石上

千年古镇，百业俱兴。上承春社之民俗，下启复兴之盛世。朝沐蒸水之灵气，暮瞰马山之神奇。依凌町，衔东湖，展玉麟之风骨，抒琼瑶之柔情。人文与景致，相得而益彰；古风与新韵，交融而和鸣。

己亥暖冬，惠风如春。镇村干部，勠力同心；名流贤达，桑梓情深。弘大禹精神，彰公仆赤心，扬中华美德，延炎黄传统。

浚河修堤，植树栽花，美化环境，蒸水风光，在水一方，焕然一新，留乡愁于后人，造丽景怡百姓，添新景伴古镇。栉沐盛世雨露，福泽苍生黎民。

人和政通，于斯为盛。唯愿，处江湖之远，则忧其君；居庙堂之高，则忧其民。

（记于2019年冬月）

烧饼西施，你用芬芳许流年

历史的烟云中，有金戈铁马，有冰冷戎甲，也有美丽神话，更有美眷芳华。

在衡阳县集兵滩，就流传着一个个关于美丽，关于神话的传奇故事。这里，东依岣嵝，南枕湘江，西有通天，北有神皇。相传，这里在上古时代，曾是一片水淹之地。大禹治水功成，水归湘江，这里才成为一片滩地。

大禹南巡岣嵝时，见峰下一山气势非凡，形似蟠龙，断言此地日后可出神皇。也不知多少年后，果真灵验。在岣嵝峰下的一个山坳，住着一户名叫上官仙的人家。此人信佛教，懂医术，善风水，乐施好善。其妻生下一子，取名"上官天赐"，其时，家里牛生麒麟猪生象。于是，当地便流传"牛生麒麟猪下象，上官天赐是神皇"的民谣。此事惊动了当时朝中皇帝，立即调兵来衡州镇压。当时的官兵扎营地就在这一片滩地上，于是，这里便叫"集兵滩"。

同时，关于集兵滩的来历，还有一种说法，那就是唐末农民起义军首领黄巢在攻战衡州时，也曾在此驻军集兵，故叫集兵滩。

说起集兵滩，人们首先想起的就是集兵的烧饼。集兵滩的烧饼，有一个美丽而充满神奇色彩的名字，叫"西施烧饼"。据传，集兵的烧饼，与菊花和"齐王"黄巢有关。她既是如花美眷，更有香留唇齿，还有情浓意绵。

唐末，一个动荡的年代。到处是饥饿，是兵荒，是马乱。那是一个秋末的季节，天空没有云彩，却是秋风萧萧，也是秋深露重，让人感到有几份秋凉。河滩陌上，山岭溪畔，开满了金黄的野菊，有阵阵馨香，让寂寞宁静的乡野增添了几分秋寒与静谧。

你是神皇山下抑或通天河傍的一位乡野女子，一双纤纤的巧手，采摘着山岭和田野的一年四季，将春夏秋冬的花香，调理成为二十四个农时节气。秋将尽，冬又至。你挎着竹篮，采摘着朵朵饱经风霜，沾满重露，暗香幽幽的朵朵野菊。你要把这个秋天的肃杀，染出芬芳，染出淡香；你要把这个灰暗的时代，染出色彩，染出金黄。

通天河畔，秋水伊人。神皇山下，采菊东篱。你洗菊秋水，幽蓝的溪水里，漂荡着片片花瓣，朵朵金黄。滟滟的秋水，映照出你俊美的模样。你挑一朵黄花插在发际，哪管朵朵黄花飘落秋水。你的一头长发，还有那淡淡的菊香，飘扬在风里，在水里，在秋里……

也不知什么时候，他涉水而来，站在你的身旁，捧着一束野菊，似乎没有看你，仰首望着长空，只见头上一行大雁，从北南归。而你呀，并不诧异，仿佛你的心里早就预料上苍的安排，早就期许这天的到来。望着他那潇洒威猛的侠士样子，你不禁嫣然一笑。随后，他在高声吟诵着："待到秋来九月八，我花开后百花杀。冲天香阵透长安，满城尽带黄金甲。"

听后，你的心里却是一惊，也许，他不只是一位行侠，也许还是一个落第而不甘落魄的书生。你问他：从何而来，将去何处？他说：只因心河有岸，彼岸有花，也有你；只为，长安有月，月下有菊，也有天下。说完，他从水里，为你捞起漂浮的菊花。

你和他，挽篮回家，燃炉生火。你把采来的菊花捣碎成泥，把新收的高粱和大米，用石磨研细成粉，以粉面为皮，以菊花为馅儿，做成一个个薄薄圆圆的饼。

茶树和松脂把炉火烧得旺堂，草房里迷漫着阵阵香气。是茶香，是松香，是菊香？都有，还有你的气息，他的心跳和呼吸。你用那一把已经烧

得乌黑的竹夹，把一块块圆饼送到炉膛的周围。他就坐在那只火炉边陪你取暖。当你发现，他的衣袍已经破烂，你就取来针线为他缝补。你说，他若与世无争，你就陪他笑看人间四季黄花；他要去那遥远的北方，你就缝件披风为他御寒；他若要去纵横天涯，你就会在这里，为他采菊煮茶，等他青丝白发。

山野寂静，夜色已深。你把手中那一条条细丝缝进他的衣上，从此，你就与他生命血脉相连，与他情感爱恋相牵。今生见或不见，他始终是你眼眸里最深的秋天。

你随手用竹片将火炉轻轻拨旺，红红的炉火绯红你灿烂般的脸庞。他说，我闻着芳香跋涉着无限远，只为看清你的容颜，只为上苍安排这一年，这一季，这一天，与你遇见。

炉膛里的烧饼在慢慢发酵烤黄，一阵阵菊香浸透了彼此的心岸。你夹起一只烧饼，在冰凉的秋风里缓缓待凉，然后，放在他的手心。你用火的温度，菊的幽香，润泽他的肌肤，温暖他的心房。你多么想，把那份少女的初心，依贴在他宽厚的怀抱里缠绵；多么想，用那一头飘飘的长发，把他灼热的眼神遮挡。你却不小心，把倩影靠在窗阑之上，清凉的月光舞动着你羞涩优美的徘徊。

他嚼着，你用少女的芬芳，秋菊的淡香，炉火的温暖灼烤的烧饼，是否还惦记着江山血染，生灵涂炭。多少风月，已入情怀。多少梦幻，化作月光。哪怕明日马革裹尸，哪怕他日血洒沙场。今夜，也要与你，共赏黄花宿一宵，也要与你，共枕秋月梦一场。

他说：你的美，可比沉鱼落雁的浣纱西施。你，就是他眼中美丽羞菊的烧饼西施。从此，你便有了一个美丽的名字，叫"烧饼西施"。你亲手制作的烧饼，便叫"西施烧饼"。

你抿嘴一笑，拂却了他满身的风尘。他用手抚摸你的长发，让你放下少女的羞涩。然后，你们用彼此的双眸，镌刻着对方的模样，哪怕岁月老去，流年沧桑，依旧铭刻着那个秋末的季节，那个有月如水的夜晚，那个不期而遇的火炉旁边。

情长夜短，炉火热烈。你们在火炉旁相依而眠。梦里的相逢，青丝残雪，岁月轮回，鹊舞天河。梦里的黄菊，在秋风里凋零，终将让彼此的相遇，变成曾经最美的初见。

清晨，他要离去。晨风起，离人泪，多少别情多少泣。他说，他要去掬一片长安的明月给你照倩影，他要去采一篮长安的菊花给你作饼馅儿，他要用满城繁华，换你倾国倾城。而你，把昨夜的烧饼为他装好，塞成行囊，送他到那湘江的渡口，望着他远去的背影，期待着他日的重逢。你的炉火，可否会是他永远的温暖？

当然，你知道，你送他山一程水一程，经年之后，谁又能与你共度风一更雪一更。一川云水，一念彼岸，曾经的温存，也许早已风轻云淡，而你，却在夜夜点着松竹，等他归来。你烤的烧饼始终为他留着，一天天，一年年。可你呀，那等在季节里的容颜，如黄花秋菊般开落……

从此，西施烧饼，在集兵，与那美人共等情天千百年；在味蕾，与那美人共赏菊花黄金甲；在舌尖，与那美人共枕秋风融入天地间。

唯愿，岁月留香可回首，情深堪忆渡流年……

（记于 2019 年 8 月 4 日）

本文刊发于 2019 年 8 月 5 日《衡阳文旅》、网易等媒体平台。

等你，在蓝莓成熟的季节

人生，或许原本就是一场不期而遇的邂逅。你从最深的红尘走来，脱去华丽锦衣，初试夏的云裳，只为要去赶赴一场关于蓝色，关于等待，关于唯一的人生际遇，只为在那东山东、南山南的绿荫之野，去赴一场春去夏来，今生有缘的蓝色之恋。

"天上人间，好时节，无过初夏"，南宋诗人刘克庄在初夏之际，采摘蓝莓，道出了初夏的美丽。初夏，春风尚未消退，酷暑尚未来临，此时的天气，清和怡人，雨过天晴，有深沉的蓝色在等待，在等待着一场无关风月，无关流年，无关过往的浪漫故事。

蓝莓，意为蓝色的果浆。有人说，蓝莓不是水果，而是一种颜色，而是一种味道，而是一种情感。这种颜色，代表的是宁静，是深邃，是遥远；这种情感代表的酸甜，是等待，是唯一。蓝莓，属"越橘"科，因此，人们常常称她为"越橘"。

说起"越"，人们便会想起古代越国，想起越王勾践，想起中国古代四大美女之首的西施。西施故里，越山之上，生长着一种灌木，春天开花，初夏结果，色泽深蓝。西施常常上山采摘，由于常食此果，愈发美丽。因此，人们便叫此果为"越橘"或"越果"，亦叫"西施果""美人果"。

浣纱溪里，溪水深蓝，如同西施一双眸子。西施浣纱，成了中国古典佳人美丽的象征。也许人们忽略了西施采莓的细节。因为，如果没有西施采莓，也许便没有西施的绝色美丽。

也是一个初夏之季，也是越橘成熟的时节，越山之上，浣溪之野，越橘之下，你与越国大臣范蠡私订了终身。然而，国家危难，是你，一个山野采莓弱女，一个溪边浣纱美人，毅然来到吴国，以绝色倾人城，以艳丽倾人国。但是，你的心啊，始终是那么幽蓝而深沉，专注而唯一。你在等待，等待心上人，在那蓝莓成熟的季节，迎你归乡；等待家园复兴，等待你与心爱的郎君，同舟泛游，共话桑麻，采莓南山。你的付出，胜过千军万马，你的等待，成就了一段美满姻缘。你终于等来了你的真爱。你与心爱的人泛舟江湖，游荡在一片深蓝的湖水之上，抑或蓝云之中。你的心里，充满着"越橘"，充满着蓝莓那酸酸甜甜的味道。

一缕深蓝萦绕心头，一片相思陪伴白首。难怪人们都说，蓝莓花开，代表的是执着的等待，绽放的是纯洁的情怀。蓝莓果实，不仅寓意着"今生的唯一，来生的相约"，而且，象征着爱情的酸甜，代表着我愿与你，一起走过流年的生活。今生不离不弃，来生相知相依。

愿得一人心，白首不相离。曾经，你把柔情万种，种进他的心里，你把笑靥如莓，惊艳了他的眼眸。那一刻，你是多么想与君相约蓝莓成熟的季节，与君沉醉在那东方蓝色的"伊甸园"，依偎在那一片蓝云碧水的深处，面对渐次成熟的蓝色"相思果"，许下三生三世的祈愿，细数前尘往事年华如烟，默念一生守候的诺言。

曾经，他说你的眼眸，如同水灵的蓝莓，既有江南春风的温柔，又有初夏阳光的明媚。曾经，你说他的承诺，是蓝莓成熟的颜色。如若不曾相遇，为何都会向往这蓝色的深沉；如若不能相约，彼此怎能成为生命里的唯一。

如今，阳光下，清风里，熟了蓝莓，浓了相思，不知是否有人，也在衡阳县那个叫"绿荫"的蓝莓伊甸园，静静地等你……

（记于 2019 年 5 月）

本文刊发于 2019 年 5 月 6 日看点快报。

美酒古镇　醉香西渡

　　这里，历史悠久，文化厚重，山水秀美，是中华文明的发祥地。出土的春秋战国时期的提梁卣，诉说着几千年的中华文明；大禹治水留下的禹王碑，书写了比殷商甲骨文更早的上古史；黄帝正妃嫘祖庙遗迹，见证了中华始祖曾在这里教化子民，养蚕缫丝。

　　这里的湖之酒，自西汉始便列为贡酒，不但味道醉美，而且古拙有劲。她，不知醉了多少帝王将相，醉过多少英雄豪杰，醉过多少文人墨客，也醉了几千年的历史。

　　有人说，喝一碗西渡湖之酒，男人就有青梅煮酒的英雄气概，女人就有贵妃醉酒的风情万种，文人就有张载《酃酒赋》的飞扬文采。

　　如今，西渡湖之酒更成了多少人的乡愁与思念。

　　正是一碗湖之酒，喝出了王船山"经世致用"的哲学思想，喝出了夏明翰"只要主义真"的坚定信仰。

　　一碗湖之酒，传承了我们衡阳人那"守拙专注"的品质，深植了蒸阳儿女那"创新追梦"的精神。

　　一把檀木梳篦，宛如"四大美人""天天见"。梳出暗香透窗，梳出心身健康，梳出阳光灿烂。"健康从头开始"，可以让人长发飘逸，它让人芳华永驻。

"角山米，养天下"。一句广告词，诠释了"食为天"。一粒稻米，荣获了全国粮食生产十强县，成为袁隆平的示范点，成为全国农产品生产加工的"领头雁"。同时，也是西渡鱼粉的加工原材，还是西渡扁粑和芝麻糖的家乡味。

一块钟表，建成了中南地区最大的钟表博物馆和钟表制造城。这是"时间都去哪了"的见证，是"岁月不居，时节如流"的最好诠释，是衡阳县人"惜时如金，只争朝夕"的奋斗缩影。

一道湾，那就是衡阳西渡清花湾，是投资六点三亿元打造的现代田园综合体，是后羿遗落的一张"山水神弓"，是黄帝南巡弹过的一把古琴，是曾熙笔下的一幅水墨清花，是一轴徐徐展开的新时代乡村振兴的田园梦想。

这里的"双低"油菜，被誉为湘南"一枝花"；这里的莲荷古韵，是周敦颐的遗风今存；这里的梅花新村，是桓伊的当代"三弄"；这里的釉下五彩瓷，是岁月美人如初见。

从一碗湖之酒的历史传承，到迎着新时代的阳光追梦，衡阳人们一直都在"守拙创新"。

一碗湖之酒，醉美中国年。来吧，家乡已经温上一壶湖之酒，在等你。等你来西渡高新开发区投资创业，等你来清花湾、梅花村看花听月，等你回家春节团圆，等你来西渡古街酒坊醉美人生。

本文系 2019 年度全省"醉美乡镇"电视竞选推介词，推介人：时任衡阳县委常委、常务副县长王苏龙。

蝙蝠的眼泪在飞

蝙蝠，你从远古走来，带着地球原始的风雨，带着亘古之前的自然密码，在这个世界上，苦苦生存至今；你从中华民族几千年的朴素信仰和传统文化中飞来，在这充满未知的人世间，把幸福延绵。

于是，你是中华民族几千年传统文化中一个吉祥符号，你是中华儿女心中一个祥和幸福的标志。

也有人说，你是一只幽灵。因为，你不但体态独特，而且总是昼伏夜出，在黑暗中飞来飞去；也有人说，你是飞翔的天使。因为，你一身披挂，如舞者的裙袂，随风翩翩，舞出了人世间黑暗中的另一个美丽；也有人说，你是一个自然界的古怪精灵，凭着一个特异的声波功能，给人类带来了声波学的原理。

是啊，你和一个东方民族一样的古老，你与这个民族同生息，同患难，长相守，共相安。

也不知是谁，给你取了一个寓意祥和的名字，叫"蝙蝠"。从此，这个民族，就把你当作神圣而幸福的象征，就对你寄托了美好而吉祥的愿景。

蝙蝠，寓意"遍福"，流云如意，百福相随，象征幸福延绵无边。你常常与"云""桂"为伴。人们将你与"云"组图，曰"云蝠"；与"桂"组图，寓"贵蝠"，也有和、合二仙（和仙即高僧寒山，合仙即拾得）嬉戏蝙蝠，意为"和蝠"或"合蝠"，乃"百年好合"之意；还有无邪童子，手持蝙蝠，头顶蝙蝠，祈祷福从天降，翘盼福音。

于是，你被刻在古币上，称"福在眼前"；你被刻在寿桃上，称"福寿延年"，或"多福多寿"；你被剪成图案，贴挂在婚房或婚床，祈求多子多福。你与梅花鹿、寿桃、喜鹊为伍，意为"福禄寿禧"。

因此，这个民族，大凡婚姻、生育、寿诞、祠堂庙宇、居家生活，都有你的身影，不是被画在纸上，就是被刻在石上，雕在梁上，烧制在各种各类瓷器上。你，与这个民族息息相关，命运相连。

你虽身份卑微，却常常与龙凤同行，与松鹤为伴。龙凤呈祥，代表的是大富大贵；松鹤延年，代表的是生命常在；有"福"，才有"富"和"贵"。因此，你是黎民百姓心中的祥云与憧憬，你是人们美好愿望的寄托和化身，你也是达官贵人身份的象征。

多少古建筑上，有你依旧的身影；多少古雕刻上，有你千年的灵性；多少青花瓷上，有你云彩的灵动；多少服饰上，有你的舞姿的身影。

2020年春节，一场突如其来的疫情，从武汉，迅速向中华大地蔓延，迅速向一个古老的民族侵蚀。于是，你成了这个春节的不祥之物，甚至有人说你是灾祸之源。因为，有专家研究，你就是这场灾祸的宿主。一下子，你从天使变成了魔鬼，你从吉祥变成了灾难。

这，是蝙蝠之伤；这，是民族之痛；这，是中华之殇。

谁人知道，你有冤，也有屈。因为，你与人类相伴相生几千年，人们对你善待，你对人类感恩。可如今，却有人那么无知与愚昧，将你变成"美食"，总想一啖而快意。也有人，将你示众，野蛮地把你手撕。几千年前，一个叫李耳的专家早已告诫，"福兮祸之所伏"，可谁能记得几千年前的忠言。

于是，有人说，有一个吃蝙蝠的电视节目主持人，打破了人间的祥和。是她，亵渎了你的善良与美丽；是她，对一个古老民族几千年文化信仰玷污和摧毁。

她不是《环球梦游记》里的女神，而是《西游记》里的白骨精；她不是带给人们幸福的"偶像"，而是《封神演义》里的"九尾狐"；她不是感恩自然造化的"义妖"，而是《聊斋志异》里的画皮女鬼。

2020年这场灾难，不知是否，可以给那些追求刺激、忘宗辱祖的"明星""腕儿"一点警示。因为，中华民族不可辱，中华文化不可污。

2020年这场灾难，是蝙蝠之伤，还是中华之痛，更是民族之殇？2020年这场劫难，是天灾，还是人祸？2020年的春节，有眼泪在飞，更有逆行的背影。

人们相信，只要心中有美好，明天一定会祥和。天佑中华，山河无恙。武汉不哭，樱花会开。待到春暖花开时，我们依然可以，穿着汉服去赏花，撑着花伞去踏春。

只要我们，善待生灵，善待自然，善待这个世界，就一定会"祸兮福之所倚"。蝙蝠，这个几千年前的天使精灵，依然会成为，一个民族对幸福美好生活的朴素寄托；依然会成为，一种文化情感追求的美好希冀。

祈愿中华，延绵幸福；祈祷户户，五福临门；祈求人间，苍生遍福；祈祝未来，祥和美丽。

（记于2020年2月6日）

本文刊发于2020年2月6日腾讯网、网易。

乡路

　　一条乡路，是一个农家孩子人生中的必经之路。它，一头连着故乡，一头连着天涯；一头系着父母那牵肠挂肚的目光，一头连着我们的未来远方。

　　乡路漫长，人生漫道。乡路，是人生记忆中最熟悉的标志。不管你离家多久，离家多远，乡路始终是你心中的归途。

　　我的家乡，是一个偏寓衡阳县西乡的小村。家乡的那条进村的道路，从我蹒跚学步到少年求学，都从那条路上进进出出，来来回回。

　　记得小时候，家门前的那条路，是台源通往三湖的要道。乡亲们上台源，往三湖，或赶场，或访亲，都从我家门前路过。

　　虽然是要道，也只是一条宽不过二三尺的土路，或者田埂。据老辈讲，这条路曾经是一条石板路，是沿途乡亲出资或地方贤达捐款铺成的。早些年，我亲眼看见了一块已经残缺的石碑，上面刻有捐款修路人的姓名和款项。

　　后来，路上的石板越来越少。有的是当地村民抬去修渠修塘了，也有的是乡亲们建房时用于打屋脚去了。于是，石板路变成了泥巴路。但过往的行人依然很多。

　　每逢冬春时季，或逢雨季，道路也就泥泞，行人行路也就困难。记得那时，田里收完晚稻之后，便种上一种叫紫云英的草本植物。乡亲们叫它"草籽"。草籽作绿肥，松土肥田。待到来年开春，草籽长势茂盛，花开满垅，犹如一片紫云，美轮美奂了乡村。

在那温饱都尚未解决的年代，没有人去欣赏紫云英的美艳，只知道它可以作绿肥，种田可以省钱，可以作猪草喂猪。也有调皮的孩子，趁着晴好天气，在草籽田里打几个滚。那份惬意，可能是他们一生中最幸福的时光和享受。

乡路泥泞，行人便开始另辟蹊径，选择从草籽长势茂盛的田地里通过。走的人多了，也便成了路。可草籽却踩踏了不少。

那时的冬天，雨水较多。寒风雨雪，农闲无事，乡亲们便在家围着火炉打发日子，等待来年春暖花开。

家门前那条泥路，便成了父亲和我的一道伤痕。年少的我，总想在寒假里到山上、田垄里去"野"。可父亲却总要我和他一起到山上挖"见风消"去填路。泥路上铺上一层"见风消"，缩水，防滑，可以使泥路一个雨季不泥泞。父亲常常教导我："井水挑不干，力气用不尽"，"冬天烤火，越烤越冷，火烤冻死牯，不如干干活暖身子。"我便只好跟随父亲，把家门前那条泥路一天天用"见风消"铺平。

为了方便行人行夜路，奶奶和母亲常常准备了火把。夏天，挑一缸井水，舀一瓢让路人解渴；冬天，烧一壶开水，让路人御寒。

家乡的那条乡路，成了前辈的一条心路，也是我人生道路的起点。

高中毕业后，我回乡当上一名村干部。"要想富，先修路"的思想已经成为乡亲们的共识。于是，我和村里干部，发动群众，肩挑脚移，用最原始的方式修成了一条土坯机耕路。这条路，成为全村乡亲进出村的通道。从此，机耕路上，有拖拉机的"突突"声，有自行车清脆的"丁零"声。

这条路，连接西界公路，通向四面八方。拖拉机成了当时主要的交通工具。从此，送公粮，再不用靠肩挑脚磨，挑上百多斤稻谷送到几公里外的粮站，再也不用从几公里外搬运建材到村建几间新房。

村道修成后，我家门前的那条土路也就荒芜了。这时，我也参加了工作，离开了家乡。村里那条机耕路，我也就走得少了。

20 世纪 90 年代，村支书找到我，说想修一条水泥路，但苦于无钱。我便极力支持，村干部也很尽力，发动村民捐资投劳，历经半年时间，修成了一条水泥路。通车那天，搞了一个简朴的庆典仪式。村里请我回去主持这个仪式。我欣然地接受。看到乡亲们的高兴样，我的心里也是满满的欣慰感。前些年，那条道路又加宽了，两旁栽上了樟树、桂花、石楠，如今已经绿树成荫。村道都装上了路灯，行人夜晚再也不用打火把了。只是，再也没有满垄满町的紫云英，再也见不到乡村少年赤脚走在乡间的小路上⋯⋯

2019 年年底，新改造的西界公路建成通车，与家乡那条乡村道路连接成了我归乡回家的思念之路，回家也就更加方便了。

而家乡的那条泥土路已许多年无人再走，成了我辈记忆深处的一条回忆之路，但却始终难忘，难忘父辈母辈人生道路的艰辛与泥泞，难忘他们那纯朴的善良与爱心，难忘从那条土路上出发或者归乡的乡亲⋯⋯

一条乡道，你走在其间就是一道风景。

如今，乡亲们从村里出发的路更加宽敞坦荡。远方的游子，回家的路程也更加短了⋯⋯

乡路漫漫，思念悠远。乡路，是每一个行人梦想放飞的地方，也是乡亲们心灵回归的纽带。

（记于 2019 年 12 月 26 日即西界公路改造竣工通车日）

长乐薯粉条

深秋的长乐，在风起的淡烟里，红叶染尽青山的妩媚，秋阳染浸武水的流年。雨落成诗，风过为画，执念为殇。

如果，守着寻常岁月，待日落烟霞之时，可以描摹一幅山水人家；如果，守着寻常人家，可以伴着秋水蒹葭，挖一筐红薯，将平常的日子在这个秋冬季节，磨成淀粉，捏塑成一根根细绵的粉条。于是，长乐人的日子和岁月，就像粉条一样，被越拉越长，越有劲道。

说起红薯，20世纪五六十年代出生的人，都会记忆犹新，甚至一生也不会忘记。因为，他们是靠红薯才有今天。

在物质生活极度匮乏的年代，吃饱穿暖就是最大的幸福。红薯，成为那个时期的救命食物。

长乐，地处大云山脉，山多田少，且多梯田。长乐人家便家家户户种红薯，山坡上，田埂傍，小溪边，凡是能种的地方，都种上。红薯，适应性极强，只要把薯藤剪成一节一节，一段一段，扦插下去，就能生根，就能长叶，就能结薯，就像长乐人，可以依山而居，可以随遇而安，可以吃苦耐劳，可以成就事业。

长乐人很勤劳，荒山荒地，漫山遍坡，都种上了红薯。春插一根藤，秋收百担薯。红薯便成了长乐人家的富有。穿衣吃饭，人情往费，崽女读书，生病住院，都靠红薯做经济来源。

那时候，长乐子弟读住校，学校食堂没得油水，三两米饭，就着南瓜冬瓜白萝卜，三扒两咽，饭菜下了肚，不到一个两个时辰就肚子饿得呱呱叫。长乐的父母就每周为崽女准备一袋红薯，学校食堂蒸饭，长乐的学生可以每餐加一个红薯。上完晚自习，饿了，可以来一个生红薯，惹得同学们好羡慕。但同桌的女生有意见，总是用异样的目光看待长乐的同学，因为，生红薯吃多了，总爱放屁。据说，有男女同学心生情愫，终因这事便没了下文，成为后来同学聚会的调侃和遗憾。

吃长乐红薯长大的孩子，都很健康，也大都有出息。那时候，长乐的子弟，考上中专的考上大学的特别多，因此，人们常常说，山沟里可以飞出金凤凰。

长乐女人的声音像山里的百灵，身材像山里的修竹，面庞像带雨的梨花。长乐的女人都很能干。红薯藤红薯叶可以喂猪喂牛。长乐的女人，可以用一双纤细的巧手，把红薯制作成各式各样的小吃。把红薯放上一些日子，待淀粉转化为糖分后，蒸熟，然后用刀切成一块块，一条条，有条不紊地摆放在竹网板，篾筛子上，放在冬阳下晾晒，待到微干时，用煮熟的糯米淀粉浆和自家的芝麻一沾，再晾干，便成了晶莹剔透的红薯干。长乐人把这薯干叫作"牛筋薯"。也有把红薯和老红南瓜一起蒸熟，一起拌搅，捣成薯泥，然后用一块木板模子，把一块纱布蒙在木板模子上，把薯泥填上，用刀刮出一张张、一片片的南瓜薯片子。南瓜薯片子在阳光和风的晾晒后，微微干，吃起来有劲道，有嚼头，越嚼越甜，越嚼越香，越嚼越有味。

牛筋薯，薯片子，是长乐人家过年过节招待人客的佳品，同时，也成了几代长乐人的记忆，也丰富了几代长乐人的生活。

最出名的还是长乐的薯粉条。长乐的男人都很勤劳，也很会动脑子。长乐的女人把红薯做得那么的香甜与精致，长乐的男人也不甘示弱，便把红薯做出了水平，做出了特色，做出了名气。

红薯多了，吃不完，长乐的男人就在自家的后山或房前屋后，挖一个地窖，将红薯收藏起来，待到来年开春，青黄不接的时候吃。通过精打细算，该储备多少就储藏多少。剩下的，除女人制作牛筋薯、薯片子等小吃外，男人就将红薯打成淀粉。打红薯粉的过程很艰辛，要过滤，要一次又一次漂水去杂。

红薯淀粉出来了，女人好兴奋，可以煎成红薯粉粑子，当地人叫"滑肉粑子"，配上葱花油盐，既可当饭，又可当菜。女人还把红薯淀粉"淌"成"荷折"，晒干后，可收藏。当家里来了贵客，便可做出一碗"荷折"条煮鱼头的家常土菜。如今，长乐"荷折"煮鱼头成了城里人再吃不厌的早餐。

冬日里，长乐的男人更是闲不住，看到傍晚刮起了"霜风子"，知道当晚一定是个白霜天，会有一场"扯构霜"，便吆喝着女人，一边生火烧水，一边在自家的禾场上，阶檐下，立起丫马杈，横架着一根根竹竿，或长或短，或高或矮，就像战场上排兵布阵。男人自己便喊来左右邻里，前来帮忙，把经过无数次漂洗，经过无数次冬阳才晒干的红薯粉用一个大木盆装着，加上清水，揉成一个一个的粉团子，再将粉团子放在一块打了若干个孔的木瓢里。男人左手执瓢，右手执拳，用力击打粉团，一根根红薯粉从木瓢

的小孔里，流到女人烧得热气腾腾的一大锅沸水里。

经过沸水一烫，生粉条成了熟粉条，然后，前来帮忙的左邻右舍，便会将沸水的粉条捞出来，又用冷水一漂，再一束一束地挂到早已准备好的竹竿上。经过大半夜的劳作，房前屋后的竹竿全部挂满了红薯粉条，已是鸡叫三更，这时才灶膛熄火，收场睡觉。

竹竿上的红薯粉条经过一场冻霜，全部结成了冰凌。白霜越厚越好，冻霜越冻越好。因为白霜之后便是一个冬日暖阳。待到次日冬阳高照，冰凝的红薯粉条便解了冻，成为一根根通亮圆润的粉条了，再晾干晒干。

纯生态的红薯，纯手工的粉条，经过柴火的考验，霜冻的洗礼，冬阳的照晒，西风的吹拂，便成就了长乐薯粉条的味道，有柔有软，有劲道，更有长乐人家的烟火味。

做薯粉条，便成了长乐男人的骄傲；做"荷折"或薯粉条煮鱼头，便成了长乐女人的厨艺。

如今，传统的做薯粉条的工艺逐渐被现代工艺所代替，但，长乐的薯粉条却成了长乐的地理标志，成为长乐父母对儿女晚辈一种爱的象征与寄托。逢年过节，儿女回家离别时，父母总要准备好一捆薯粉条，或者几袋牛筋薯，让他们带上。因此，长乐薯粉条，便成了长乐游子们一种乡愁与记忆。

长乐人家，依然在似水流年里悠缓而过，只是如今的长乐，难见曾经的袅袅炊烟，一座座空着的老旧屋场，在凉薄着秋冬的寂寞。那一弯旧时的明月，再也唤不醒如烟的过往；那云中路过的鸿雁，也不曾带回远方的锦书。只有那挂在村子后山上的夕阳，在陪着这一片古老而长乐的热土，年复一年，日复一日！

故乡是根，漂泊在外的游子是风筝，父母是牵着风筝的那根线；长乐是源，身在异乡为异客的长乐人是鸿雁，薯粉条就是那雁儿年年回归的思念。

唯愿，长乐未央，未央长乐。

（记于 2020 年 10 月 10 日）

本文发布于 2020 年 11 月 6 日湖湘网、2021 年 11 月 3 日新媒视点。

库宗牌楼：一座女人命运的历史地标

> 李家有女初长成，天生丽质难自弃。一朝选入君王侧，香消
> 玉殒牌楼立。烟火平常酒最香，人间有味是清欢。
>
> ——题记

牌楼，是中国传统建筑，最早出现在周朝，明清时期最为盛行，主要用于旌表节孝或者表彰、纪念某人某物某地。

在衡阳西乡，有一地方叫牌楼冲，20世纪曾是一个小乡的行政地名。

关于衡阳县牌楼，关于库宗桥镇的牌楼冲，曾经有一个与一位少女相关的故事。

那是明朝正德年间，明朝第十位皇帝明武宗朱厚照游历江南。那是一个春暖花开的时节，库宗桥镇金华山下的梅龙井（今牌楼村）冲，开满了金灿灿的油菜花。一眼望去，金黄遍野，花香袭人，春风拂面，蜂飞蝶舞，好一派人间春色。金华山上，开满了各种野花，或红白相间，或紫黄相映，甚是美丽。

朱皇帝一边欣赏着这里的乡野春光美景，一路登上了金华山的金华庵，焚香烛，听鸟鸣，闻松涛，观溪流。

山下的不远处，有一小溪，溪上有一石桥，名库宗桥。一条不算繁华

的街市，由这座石桥相连。时值黄昏，库宗桥的集市上，有点点灯火。一些店铺陆续打烊，忙碌一天的店主开始歇息。也有酒肆茶楼和伙铺的门楣上，渐次挂起了红烛灯笼，把褪去一天喧哗的街市照得忽明忽暗，有几分朦胧，有几分寂静。

有淡淡的酒香随风飘来。谁家的饭菜，在冒着缕缕的热气。也时不时有几声悠长的呼声，传得很远很远，那是父亲母亲在唤喊自家的儿女回家吃饭。

库宗桥头，有一家酒肆。酒肆的老板姓李，酒店就叫李氏酒坊。李氏老板夫妻都已年近花甲，家住金华山脚下的梅龙井。那是一条冲旮儿，后来才叫"牌楼冲"。冲里，山清水秀。这里，人勤地沃。山上种植高粱豆粟，町里种植水稻烟叶。因为有好山好水好地，便长出好的庄稼，便出水灵美女，便生小家碧玉。

李氏有祖传酿酒秘方和技术，这里有一口古井的好水。李家便在冲里开了一家酿酒作坊，在库宗桥头开了一家卖酒店铺。李家的酒在当地颇有名气。因此，他的酒店生意十分红火，东来西往的过客都要在他家店里喝上几杯，带上几壶。

李家夫妇老年得女，取名凤娇。正值十三四岁的花季年华，出落得面如桃花，灿如芙蓉，声若黄鹂，行若杨柳，真是山旮儿里飞出了金凤凰。

李家有女初长成。小凤娇便在酒铺帮助爹娘打打下手，招呼过客。李家老两口视女儿为掌上明珠。一家过着殷实而幸福的生活。

朱皇帝从金华山上游历下来，来到了库宗桥街上，溜了一圈，逛了一巡，循着酒香，嗅着烟火，走进了李氏酒楼。李氏夫妇见来客翩翩风度，不凡气宇，便选一雅间，端来茶水，招呼客官就座。客人点了一壶李氏古井佳酿，一盘猪头肉，一碟花生米。三杯佳酿下肚，客人直呼"好酒！""好酒！"

李氏夫妇满心欢喜，忙前忙后，连忙呼唤小女凤娇为客官斟酒倒茶。这时，当朱皇帝见到小凤娇时，端在手中的酒杯停在了半空中。他被眼前

这位乡野美人惊呆了。凤娇见状，又羞又怯，慌忙躲进了门帘的后面。

朱皇帝从未见过如此娇羞的女人，愈加迷恋，便将自己的身份告诉了李氏夫妇："朕乃当朝皇上，欲选小女进宫为妃。"李氏夫妇吓得连忙跪地叩首："吾皇万岁，万万岁！"

次日，李家出了一个当今皇贵妃的消息不胫而走。方圆十里的乡民和地方官吏纷纷闻信赶来。朱皇帝便命随从左右和当地官吏，花轿迎亲，仪仗排列，鼓号齐鸣，锣鼓喧天。一顶花轿抬着小凤娇随皇上一路巡视，然后回朝完婚。

然而，从小生长在山冲乡野的小凤娇，从未见过如此阵场，吓着全身发抖，泣不成声。当花轿行至牌楼冲前的官道时，几声开道的炮鸣，惊得小凤娇昏死了过去，不久便不幸夭亡。不知是惊吓而故，还是忽染风寒不治而亡，不知是喜极至悲，还是伤心而绝。不管是什么原因，一个如花美眷，一位无邪美眉，就这样夭折了。

朱皇帝伤心不已。为纪念这位小凤娇，为纪念这位准皇妃，朱皇帝命人在此地建一牌楼。传说牌楼建得又高又大，极具皇家辉煌。从此，这里便叫"牌楼"。小凤娇出生的那条山冲，便叫"牌楼冲"。

后来，便有了许多关于凤娇的传说。有人说，她是凤身，有了皇妃的名分。也有人说，她是鸡身，不能成为真正的凤，所以命薄。

历史，往往有悲有喜。小凤娇本是乡野的一朵野花，天真烂漫，在库宗桥那个地方绽放她的美丽。然而，在那个年代，女人的命运，又岂能自己掌握。一朵鲜嫩的花朵，被一个悲哀的时代所扼杀。这，无不是一个时代的悲哀。这，何尝不是一个女人的悲哀。小凤娇，你就是你，一个小山冲里的小女子，一个历史长河里的传说。

那座牌楼，早已消逝在历史的烟云；那座牌楼，却至今成为这个地方的标志；那座牌楼，它是一座女人悲欢命运的象征。命贵也好，命薄也罢，也许，唯有无忧无虑，唯有自由惬意，唯有平常烟火，那才是人生真正的命运与幸福。

如今，生活在这片美丽而充满传奇的土地上的女人们，她们日出而作，日息而归，虽然没有大富大贵，虽然没有大喜大悲，她们只是过着平常人家的烟火生活，细数油盐柴米，安度细水流年，但她们的脸上，却洋溢着春色般的笑靥，她们的日子，如同家乡那条小河，不惊不诧，悠悠淌淌……

繁华尽处是真实，人间有味是清欢。

（记于 2021 年 1 月 28 日）

此文刊发于 2021 年 5 月 14 日《衡阳晚报》副刊头条。

家乡的"七月半"

农历七月半，是夏秋季节的分界线。盛夏的酷暑，在一场秋雨里慢慢地褪出了流火。一叶知秋。树上，有几片黄叶，在秋风里飘落。秋蝉的叫声不再像夏日里那么高亢，声音变得有些忧伤。

七月半，农事已经忙完。农人在经历过春耕夏收秋播的辛勤劳作之后，可以歇一歇了，尤其是可以好好享受一下丰收的喜悦，可以享受一下劳动的成果。做桐叶粑子，便是家乡七月半享受的一大美食。

记得小时候，家乡的黄土山坡上都是满坡满岭的油桐树。清明时节，油桐开花，洁白洁白的，如同白云满山，又如白纱飘逸。炎热的夏日，油桐绿叶如盖。村里的孩子们在山上放牛，就躲在油桐树下乘凉，以桐叶为席，以树荫为帐，乐得一份炎日里的惬意和清凉。

待到农历七月，油桐果实也快成熟，油桐的叶子在经历一个夏天的阳光雨露之后，变得成熟而厚实，散发着淡淡的清香。

当农民忙完了"双抢"，夏粮入仓，便进入了农历七月。农历七月半，是家乡父老乡亲享受生活与怀念先辈的时节。

做桐叶粑和吃桐叶粑，是乡亲们享受生活的方式和过程。用桐叶粑祭祀供奉祖先，是晚辈对先人的怀念与追思。

在一个秋雨后的日子，家乡的女人相邀着，三五成群，挎着竹篮，来到

后山坡上的油桐林。由胆大的爬上油桐树，挑选着翠绿宽大的桐叶进行采摘。她们一边摘着桐叶，一边聊着家常里短，无非是家里的收成怎样，或者谁家的媳妇大了肚子，谁家的男人怕堂客。边摘边说，边说边笑。七月半，便在女人们的劳作中变得清凉而又热辣。

男人们便在浸米淘米磨粉。女人回家生火，把米粉和成团，用新鲜碧绿的桐叶包出一个个手掌似的桐叶粑子，放在灶上的木蒸笼里蒸熟，一阵阵新米的香味，桐叶的香气，便成了家乡初秋七月半的味道。

新出锅的桐叶粑，又香又软，吃起来有嚼头，有劲道，还可以存放好些日子也不会变质。孩子们贪吃，母亲就会拿几个，放到柴火灶里，用火热的柴草灰盖上，待一些时候再从灶堂的柴草灰里扒出来。桐叶粑的桐叶烧得有些焦糊，但剥开桐叶，桐叶粑却别有一方风味，烧焦的嚼得脆爽，软糯的咬得绵弹。

七月半，道教称为"中元节"，佛教称为"盂兰盆节"，儒家称为"孝道节"，民间称为"祭祖节"或者"感恩节"。七月半供"老客"，是家乡的传统民俗，也是人们祭祀先辈，慎终追远，民德日厚的一种方式和载体。同时，桐叶粑子也是七月半供"老客"的供品。

七月半的"一七"为"七月初七"，又名"七夕"。传说牛郎织女"七夕"银河相见，鹊桥相会。有人说，这是中国的"情人节"。是也好，不是也罢，总比过洋节好。但不知七夕银河的秋水，是否被牛郎织女望穿？不知银河的岸边，是否有"月上柳梢头"，有"人约黄昏后"？

"七夕"，其实最早还是古人对"牛郎织女"星宿的崇拜与憧憬。"牛郎"星代表的是耕耘，"织女"星代表的织衣，也就是"衣食"的象征。春耕夏犁，秋收冬藏。七月，牛放南山，桑麻成丝，机杼开织。"七夕"，是人们对衣食无忧幸福美好生活祈祷的节日。

情人节也好，衣食节也罢，都是人们对美好生活的追求与向往，对未来日子的期许和盼望。

七月半的"二七"，则为"十四"。因此，有的地方将七月半的"十四"或"十五"日，作为祭祖供"老客"的节日。所谓"老客"，为地方方言，意为已逝的前辈或故人，即先人。

家乡七月半供"老客"，很有仪式感。一个家族按兄弟多少，每人负责一天供奉和祭祀。一般从农历七月十二日开始接"老客"，供奉到十四或十五晚上送"老客"。早晚供奉茶酒、点心等，中餐菜品要丰盛。肉、鱼、鸡，三牲不可少，其他的可以就着当季的蔬菜。供"老客"的饭要用新米，意为让祖宗先辈也尝尝后辈丰收的成果和喜悦。

以前，供"老客"要焚香，烧钱纸，放河灯。如今，人们有了环保意识，鲜花代替了钱纸。

供"老客"还是家庭聚会、邻里友善的一种感情联络和沟通的节日。一个大家庭，兄弟姐妹在这个时节都会赶回来，以祖宗血脉为红线，老老少少，男男女女，齐聚一堂。左右邻里，相互帮忙。东家今天供"老客"，大家就到东家吃饭，明天西家供"老客"就到西家吃饭。酒醉饭饱之后，主家就要把供"老客"的桐叶粑、水果等分给大家。

供完"老客"，家乡又回归了往日的平静。七月半，一半是人间烟火，一半是传统文化……

这，就是家乡的"七月半"。

（记于 2021 年 7 月 13 日）

本文刊发于 2021 年 9 月 10 日《衡阳晚报》副刊头条。

遇见春天，遇见你

立春，昭示着寒冬已去，气温回升。立春，是农历二十四个节气和一年"四立"之首。沾衣欲湿杏花雨，吹面不寒杨柳风。于是，人们期待春暖花开，期待陌上草长，期待原野莺飞。

岁月风平，衣襟带花。遇见春天，听山川河流，把春风酿成千言万语，柔软入耳，吹过旧人故里。遇见美好，看花红柳绿，把春色裁成寸寸水墨，温婉如酥，香了旧梦初心。

浅了，深了，淡了，浓了，都是流年的温暖；苦了，甜了，酸了，涩了，都是岁月的悲欢。慢煮岁月，迷离烟火，我们在一个又一个春天里遇见。

倚栏相望，蜡梅花开，时光向暖，人间岁暮，有瘦影暗香，携一身年味向你走来。不知道，在家乡最让你惦念的，可是母亲做的熏腊肉，还是土头碗。

遇见春天，就遇见了家的温暖。远方的游子，一年的漂泊，多少的心酸，在这个春天里发酵，酿成一坛思乡的老酒，在春天里开坛畅饮。酒喝干，再斟满。春天来了，春节来了，可以回到久别的家乡，可以回到家人的身傍，可以真真切切地感受到了家的温馨，母亲的温暖。尝一尝家乡的土菜，品一品家乡的绿茶，是这个春天里最美的香甜。

老宅后院里那一树柚子，已经经历了霜雪的浸染，曾有多少城里的路人想要采摘，作为止咳的方子，母亲却说："多少钱也不卖！那是留给儿女们回来过年时尝尝鲜！"

多少这样的遇见，从秋等到冬，再从冬等到春；多少这样的遇见，日日看着后院，夜夜心里挂牵。

遇见春天，邂逅蝴蝶双飞。那是东晋永和年间，有一位叫祝英台的姑娘，在一个明媚而不忧伤的春天，遇见了一个叫梁山伯的少年，在草桥结拜，开始了一段化蝶双飞的传说。一千多年来，人们依旧在春天里，可以看到他们一起双宿双飞，为爱徘徊，为爱翩跹。

遇见春天，遇见桃花灼艳。大唐贞元年间，书生崔护在落第的落寞中，去郊外春游，偶遇一位叫绛娘的女子，从此，他的心中便有了一片桃花源。"去年今日此门中，人面桃花相映红。人面不知何处去，桃花依旧笑春风。"绛娘在那个多情的春天里，因他而死，又因他而生。

遇见春天，遇见在相知的桥边。大唐元和四年，三十岁的元稹出使西蜀，当时正值春天。意气风发的元稹来到西川，在一座万里桥边，遇见了一位桥边姑娘，她叫薛涛，是一名女校书，更是名冠西蜀的大才女。薛涛用自制的红笺，把春天的遇见和春天的温暖，凝结成文字，写在红笺上，赠给元稹，成为历史上的春天情笺——薛涛笺。

遇见春天，遇见春寒的考验。春有春的温暖，也有春的寒冷。春寒是一次历练，更是一场考验。杏花白，桃花红，都是春寒的浸染，才有那么的素洁与鲜艳。春天里次第开放的花朵，都要经过一番春寒之后才能盛开。人生又何尝不是如此，犹如人间一切美好，经历了磨难，耐得住清寒，方才怒放。这样，才会有生命中一次又一次美丽的遇见。

　　正是因为，在春天里有这么多的遇见，便有了"春风十里不如你"的喟叹。

　　有一种往事，叫只如初见；有一种深情，叫一生镌刻；有一种期待，叫春暖花开；有一种美丽，叫春天里的遇见。

　　生命如一树花开。浅浅的春天里，也必定会有风的遇见，雨的遇见，或者春寒的遇见。生命中，总会有一些不期而遇的温暖，摇曳在岁月的枝头；年华里，总会有一些不曾相约的遇见，铭刻在时光的深处；人生中，难免会有或多或少的春寒，在人生的下一个路口遇见。只要心有桃花源，何处不是艳阳天。

　　"以红尘为道场，以世味为菩提，生一炉缘分的火，煮一壶云水禅心，茶香萦绕的相遇，熏染了无数的重逢"，这是白落梅的遇见。

　　遇见春天，遇见生命中的厮守与相伴。每一个春天，你总要折几枝春色插在净瓶，置于案头，满屋便是春色满园。因为，净瓶是我娶你时的嫁妆。洁白的瓶身，是你年轻时俊俏的模样，束腰凝脂，冷香袅袅，春色荡漾。与你秉烛夜话，与你共话桑麻，与你执书抚琴，看净瓶里的春色年华，心暖犹如春天里的那次相见。人生如若初相见，何愁秋风悲画扇。一生如若初相见，相濡以沫两不厌。

　　感恩岁月，感恩春天，感恩生命中每一个遇见。愿所有美好，都会不期而遇；愿所有相遇，都能温暖如春。

　　陌上花开，人间回暖。河山两相安，岁月共从容。愿春天里的所有遇见，不误归期，如约而至。许一场流年遇见，若时光不老，你在，便是温暖；我在，便是晴天。

（记于 2021 年 2 月 2 日即立春前夕）

难忘过年炒 "换杂"

人间烟火味，最抚凡人心。

—— 题记

过年，是中国传统的盛大节日。"大人盼莳田，小孩盼过年。"因为，过年很热闹，过年有很多"换杂"吃。

记得 20 世纪 70 年代，那时候物质生活还相当匮乏，但过年却是父母长辈最看重的节日。不管家里多么贫穷，父母都要千方百计筹办一批年货，能让一家人过上一个快乐幸福的春节。

最让我难忘的就是过年炒"换杂"。"换杂"，是衡阳方言，从字面理解，"换"就是可以"互换""交换"、作礼品相互交换或赠送之意，"杂"就是杂粮、粗粮。"换杂"就是"零食"的意思。那时候的"换杂"，没有旺旺饼，没有巧克力，无非就是自家产的红薯片子、米面皮、豆子、米糕片、南瓜子等土产。

炒"换杂"是家乡过年的一个重要环节，也很有仪式感。

过了腊月二十四，父母打完灶屋的"浓墨"，送祭完灶神，吃完中饭，便开始张罗炒"换杂"了。母亲开始搂柴生火，把先年炒得乌黑的河沙从角旮里找了出来，放进铁锅里，然后吆喝着父亲，把早已准备的红薯片、米面皮、米糕片等过年货全部搬上灶台，按顺序摆放好。

我们兄妹更是兴奋得跑前跑后。我帮父母搬起"换杂"半成品，妹妹帮母亲烧火，给灶膛里添柴。母亲俨然一位大师，腰上系着一条蓝色的碎花围裙，手里拿着一把铁铲，站在灶台边，把锅里的沙子搅拌得"沙沙"响，待沙子烧得滚烫，锅底开始发红时，在沙子里滴上几滴桐油，加上几块橘子皮，然后再搅拌，随后，便将米糕片先下锅炒，再依次是米面皮、豆子、南瓜子，最后才是炒红薯片。

母亲告诉我们，米糕片很娇贵，所以要先炒，红薯片最贱，所以最后炒。

炒"换杂"是门技术活，关键是要把握好火候。火大了，旺了，会把"换杂"炒焦、炒黑，既没"看相"，吃起来又会有苦味；火小了，暗了，炒出来的"换杂"吃起来会涩口，不脆也不香。

同时，"换杂"好不好吃，炒得发不发，还要看"换杂"的胚子好不好。因此，做过年"换杂"是衡量一家主妇能干不能干的一个标志。谁家母亲做得一手好"换杂"，炒得一手好"换杂"，是孩子们在同龄人中的骄傲。

为了做出过年的好"换杂"，母亲要准备几个月时间。从秋收结束时，母亲就把收获回来的糯谷、豆子等在一个又一个冬阳下晾晒。

做"换杂"很辛苦。红薯从地里挖回后，要晾一段时间，待淀粉转化为糖分，然后选一个晴好的冬日，东方刚刚露白，母亲就起床，把红薯蒸熟，擂成泥，再用一个木模子，将薯泥刮成一张一张的长方形薯片子，晒干后，剪成一片片二指宽寸把长的红薯"换杂"胚子。

做米面皮的工序比较复杂，先要将糯米粳米按一定比例用清水浸泡一两天，然后再用石磨磨成米浆，把米浆倒进米面盆子里，放到一锅沸水里，蒸熟，淌成一张

张米面皮，再搭到院子里的竹竿上晾晒干，剪成一块一块荷叶状的米面皮片，我们又叫"荷花片"。

做米糕还要复杂，要把糯米粳米按一定比例浸泡三日三夜，让米充分发酵，再磨成米粉，揉成一团一团的，再上蒸笼蒸熟，然后做成花草状、小动物状、福禄寿禧字样状，通过几场太阳，晾干，收藏，等过年。母亲心灵手巧，做兔像兔，做鸟像鸟，活灵活现。母亲还会从田野地头找来可以染色的植物捣汁为"换杂"胚子染上五颜六色，既好看，又喜庆，更健康环保。

"换杂"胚子在锅里的沙子中爆裂，发出清脆的声音，灶膛里的火苗通红，满屋满院满屋场弥漫了炒过年"换杂"的浓浓香味。

母亲娴熟地炒着"换杂"，脸上满是幸福的笑容。每炒出一锅品种，我和妹妹连忙用竹簸箕、竹米筛装起，端进堂屋，整整齐齐地摆放好。

待炒好出锅的"换杂"歇了火气，母亲便叫我和父亲，给左邻右舍的乡亲们送上一份，让乡亲们尝尝母亲的手艺，分享我们的年味。

这时，母亲才发话，让我们可以吃"换杂"了。我们吃得又香又甜，母亲笑得越香越甜。当我们大饱口福之后，母亲便把炒好的过年"换杂"用陶土坛子分种类装好，里面放上一两砣用布包好的生石灰，这样可以防止"换杂"发潮，直到吃到来年开"秧田门"也不变质。

过年时，来人来客了就装上几盘这样的土"换杂"，招待客人。客人走了，母亲还要给客人打发一袋这样的土"换杂"。我们口馋了，就背着母亲去坛缸里偷吃几块土"换杂"。

如今，母亲老了，家里也早就不做也不炒"换杂"了。但每当过年时，母亲炒"换杂"的香，永远留在我的记忆里，永远甜在我的梦乡里，永远飘在家乡的年味里。

（记于 2021 年 2 月 6 日）

本文刊发于 2021 年 2 月湖南省委宣传部"学习强国"平台、2021 年 2 月 10 日《衡阳晚报》。

春节 "挂红"：新年的日子红红火火

过了大年三十日，就是新春佳节。从农历正月初一日春节，到十五日元宵节，都叫 "过年"。

春节里，有一个最重要的传统礼仪就是 "挂红"。"挂红"，是家乡的一种年俗，也是一种优秀传统道德文化教化的传承，更是人们对未来美好生活的向往和祈愿。

"挂红"，不单单只是图个吉利，图个彩头，祈愿新的一年，日子过得甜甜蜜蜜，生活过得红红火火，而且是中华民族优秀家教家风的传承。

新年第一天早上，一家人要先 "挂红"，然后再吃早餐。清晨，天刚蒙蒙亮，父亲就起了床，洗漱之后，便是开财门，点燃一卷 "大地红" 鞭炮，迎接新年的第一缕阳光，沐浴新春的第一缕春风，开启新年的崭新生活。

母亲在忙着为 "挂红" 做准备，装好一个 "团合"，烧上一壶开水，温上一壶自家酿的湖之酒。"挂红" 的食品很有讲究，用红枣、桂圆、花生等糖果装 "团合"。在茶碗茶杯里放上两颗红枣、干桂圆、红枸杞。这样，可以让一家人讨个彩头，图个吉利。

堂屋的正中，摆放一张八仙桌。桌子上摆好了 "团合"，沏好了热茶，上了温酒。这时，父母便会让晚辈请来长辈，坐到上席的位置，然后一家老少，团聚在一起，喝上一杯暖暖的 "挂红" 茶，抿上几口甜甜的 "挂红"

酒，剥上几颗香脆的"挂红"果，送上一番祝福的话。长辈也会给细伢子发一个小红包，并叮嘱："好好念书，考个好学校！"晚辈们忙着给长辈添茶斟酒，祝长辈身体健康。

一家人，在"挂红"中传承尊老爱幼的传统美德，传承优秀家教家风家训；在"挂红"中，开始走向新的一年，走进美好的未来和明天。

"挂红"，是父老乡亲们朴素情感的一种表达。

自家"挂红"结束后，父母又要忙碌着客人来拜年的"挂红"准备。因为，家里有长辈，左右邻居、三姑四姨、亲朋好友，先会到长辈家拜年。

那时候，奶奶健在，辈分很高，所以来我家拜年的人既早又多，所以，母亲在初一日一直都很忙。

客人来拜年，如果时间匆忙，要走东家拜西家，饭可以不吃，"红"却一定要挂。哪怕是坐一下，尝点味，喝口茶，意思意思一下，也不得辜负主家的盛情与好意。这样，主家才会高兴。

"挂红"，不但是春节的传统待客之道，礼仪之举，更是交流感情，化解

恩怨的一种方式。

在日常生活中，人与人之间，家与家之间，难免会发生这样或那样的矛盾，或大或小的隔阂。一年里的互不往来，一年里的恩怨纠葛，在春节里，通过一次"挂红"，可以一笑泯恩怨，可以化干戈为玉帛。

春节里，相互见面都会笑脸相迎，相互祝福。坐下来"挂"一下"红"，吃上几颗红枣，喝上一口热茶，双方过去的不愉快，便会在热茶和甜酒中化开。双方的心情，便会在新的一年里云淡风轻。

"挂红"，还是中华民族和父老乡亲勤劳智慧的体现。

为了让客人把"红"挂好，家家户户都会在年前精心准备。"团合"里的零食小吃除了素的，还得有几样荤的，以便客人下酒。农家主妇会把干塘的小虾小鱼风干烘干，用鲜红的辣椒粉拌好，把杀过年猪留下的猪耳朵、猪脸肉、猪肝猪肠子用米糠烟熏腊，有的还做出腊豆干子、腊豆渣粑，作为春节"挂红"的小吃。这些荤味，吃起来又辣又香又开胃。

在我的家乡，"挂红"上的酒都是自家酿的糯米湖之酒。"挂红"时，一定要上原坛湖之酒，这样能让客人感到主家有诚意。水酒留给自家用。客人来拜年"挂红"，主家会用一把老茶壶，就着木炭火，煮一壶原坛湖之酒，再余几个土鸡蛋，让客人喝了吧嘴巴，直呼"好酒！好酒！"湖之酒喝起来又甜又香又酽，好进口，但后劲足，因此，无论是主人家还是客人，都会把握一个度，喝得七分醉了，就会离席。

春节"挂红"，这就是家乡的一个年俗。

春节"挂红"，这就是中华民族优秀传统文化的传承。

唯愿，春节"挂红"的习俗源远流长；唯愿，父老乡亲的生活红红火火；唯愿，伟大的祖国山川无恙，人间安康！

本文刊发于 2021 年 2 月湖南省委宣传部"学习强国"平台、《新衡阳》期刊。

金溪小寨：梦里竹马今安在

    提起衡阳县金溪，人们便想起山路"三十六弯"，想起那里有"美女梳头"，有"仙人指路"的神话传说，有竹海水韵的美丽景色。

    金溪小寨，东临柿竹水库，西依延绵山脉，被人们誉为"竹海"。因盛产楠竹而闻名。小寨虽小，却如同一块小家碧玉，镶嵌在茫茫群山之中。因为有山，有竹，有水，有蓝天和白云，这里便成了一方禅意的山水。或早晨，或黄昏，有薄雾如纱，有山岚似烟，有云霞似锦，有翠竹摇影，有竹香绕指……

    一方山水养一方人。这里的人家，春采竹笋，夏沐凉风，冬燃竹枝，以竹为伴，与竹为邻，甚至以竹营生。楠竹便是这里人们世世代代守护的生机与希望。竹林掩映下的人家，一日三餐，烟火浓淡，舒缓而悠然。冬笋春笋，成了这里生活的美味。采笋，是有讲究的，世代相传，只采那些生长太密或不能成材的笋。那些生长旺盛，破土有力，拔节有劲的笋，是绝对不能采挖。山里人就像保护一个个小生命一样保护着新笋。

    一场春雨，下得透湿。山山岭岭就像被水洗过一样，显得格外的酽绿。男人便扛上一把锄头，挎上一个背篓，上山挖笋。女人则在灶膛生火，等着男人下山，便可用新鲜的竹笋炒着自家熏制的腊肉，于是，山里人便开始品尝春天，品尝着大自然的馈赠。

竹笋吃不完，就可以拿到金溪、渣江、洪市等集上去卖个鲜。没卖完的鲜笋，就制作成腌笋或笋干，待到青黄不接的季节，还可卖上好价钱。卖笋，成为家里一笔收入，可以给儿女作学费，可以为老人买衣裳，可以为女人买上一小瓶香水。

楠竹，融入了这里人们的日常生活。一栋栋旧房老宅，建筑材料也离不开竹。厚实的墙体中含着一根根竹片，是和着黏土夯实而成。这样的"抖墙"住宅，冬暖而夏凉。那散落在竹海深处，有些孤独，有些沧桑，有些破败的老房旧宅，尽管经历了无数的风吹雨淋，岁月的蚀侵，但一面面土墙，因为竹片的韧劲，依然兀立在这片绿色的土地上，就像这里的人们，不屈于生活的艰辛，总是那么的顽强。

这里，曾经是家家户户都会竹编技巧，也有不少竹雕匠人。他们爱护竹子就像爱护一个个绿裳的姑娘。每到秋天，他们便会上山，选中那些有三年以上竹龄的楠竹，砍伐回家。将一根根粗壮厚实的竹子破成几块，一把篾刀，在篾匠的手中如走游龙。一块竹篾，可以破成青白九层，青篾柔韧，材质最好，编织的篾器经久而耐用，价格也贵。白篾易折，但可有效利用，绝不浪费。竹箩、竹筛、竹篓、竹篮、竹搭、竹笠、竹纸伞……形状各异，品种繁多。竹编手艺成了这里人们养家糊口的看家本领。也有竹雕艺人，一把刻刀，雕刻竹雕，雕刻生活，雕刻人生。

也许，你曾是这里一位篾匠，抑或是一位雕工。你说，你要为她，编织一个竹篮，去收获一个绿色的梦想；你要为她，制作一柄油纸伞，去撑起一片蓝色的天空；你要为她，编织一个竹篓，去装下一个如山的诺言。你要为她，雕刻一帧夜夜枕你入眠的"竹娘"（古称"竹夫人"，即竹枕），让她在夏夜感受一片清凉。为她，你要雕刻一幅时光不老，青春不败的竹海图，让她的情感荡漾在绿色的波浪。

你是否还记得，那个天真无邪的童年。你们之间，就像这绿水与青山，那么的自然与淳朴，那么的清纯与安然。他将一根竹竿骑在胯下，就像骑着一匹绿色的快马，要带你去山外的世界，纵横天下；你紧随他的身后，要陪他，飞过流云，越过高山，去放马天涯。郎骑竹马来，绕墙弄青梅。你扬竹枝翠，伴君生死共。

你是否还记得，那个壮实的少年，带她爬到竹山之巅，小寨之顶，望天边那遥远的世界，望柿竹水库那碧蓝的潋滟。你说，想成为一只野鹤，飞得很远。她说，要成为一片白云，伴你身边。那一日，倾情相知，两情缱绻，心系云天，许下了青山不老，绿水不断的誓言。那一刻，清风翠竹是你，闲云蓝天是她，花草树木是你，星河明月是她。谁是谁的竹马，谁是谁的牵挂。那一年，春雨变得更加温柔，竹林变得更加翠绿。因为有你，有她，这里无论春冬秋夏，都弥散着满山的情话。

你要为她制作一柄油纸伞，以最好的楠竹为伞骨，以刻下两人名字的竹竿为伞柄，以小寨楠竹造出的竹纸为伞面，用山上的桐子榨油浸伞心，一柄油纸伞，为她撑起妩媚的春天，为她撑起清凉的人生。

后来，她带着你为她制作的那柄油纸伞，离开了这里，离开了小寨，走过"三十六弯"，踏上了云水迢迢。后来，你也离开了家乡，去看外面的世界。从此，一季季烟雨，搁浅在梦里；一枝枝翠绿，染色在红尘；一帘帘心事，深藏在时光。你们是否还会持一颗简约的清心，临水而居，依竹而眠。你们是否还会回首望一眼，那掩映在竹林深处的老宅？你呀可知，老宅的墙上早已长满了苔藓，不知夯土中的竹条，是否还是那么的清香而韧坚。

当繁华落尽，看透世间苍凉，在遥远的地方，是否会有人，在凝望小寨的方向？是否会有人，在夜里回味小寨春笋的味道？是否会有人，在梦里骑着少年的竹马，是否会有人还在撑着那把油纸伞？

如今，有人依然坚守在那片土地，守望那一方绿水青山。因为，那里是你，是她，是无数小寨人血脉相连的家乡。

梦里竹马今安在，一枝一叶绕指柔。

（记于 2021 年 5 月 26 日）

本文刊发于 2021 年 5 月 27 日号外深度、腾讯网、锦绣潇湘，2021 年 6 月 13 日《衡阳日报》、2021 年 9 月《散文选刊》。

热土蒸阳，红色记忆

历史的长河，奔腾不息；红色的记忆，刻骨铭心。一百年前，中国共产党怀着一个兴国梦，承载着历史的重托，肩负着民族的希望，带领中华民族和中国人民，一路矢志前行，筚路蓝缕，在苦难中崛起，在曲折中前进，用鲜血染出了红色的基因。在衡阳县这片热土，蕴含着一个又一个气壮山河的红色故事，演绎了一个又一个荡气回肠的英雄壮举，成为我们"后来人"追寻的红色记忆。

岣嵝峰，是衡阳县的第一高峰，也是南岳七十二峰之一。岣嵝峰，有许多美丽的传说，也有可歌可泣的红色故事。

岣嵝峰下，有一个小山村叫神皇山村。这里，是衡阳县也是湘南地区第一个农村党支部的诞生地——中共神皇山党支部，支部书记叫戴今吾。

一条石板古道，一座沧桑的古石桥，一栋简陋的旧房子。这里，似乎在诉说着曾经那段艰苦而又辉煌的历史，似乎在诉说着一百年建党史上的艰难而又自豪的往事。

1926 年年初，岣嵝乡人戴今吾和肖觉先，在湖南三师读书，由毛泽建介绍加入中国共产党，随后回到岣嵝峰下，开展农民运动，同年 3 月，建立了湘南地区第一个农村党支部——神皇山支部。同年 8 月，神皇乡农协会成立。戴今吾任书记，肖觉先任会长。

在戴今吾、肖觉先的带领和发动下，发展农村党员二十多人，农协会员二百余人，在岣嵝峰周围开展了轰轰烈烈的打土豪分田地运动。后来，又成立了农民纠察队，实行武装抵抗国民党地方政府。

1927 年 5 月，衡阳"沁日事变"后，一大批共产党人和革命志士惨遭国民党杀害。戴今吾和肖觉先在妙溪村召开特委扩大会议，组织一支二百余人的农民武装，开展游击斗争。这支队伍，开始时叫作"边防暴动队"，后改为"衡北游击师"，由肖觉先任队长，戴今吾任支部书记。毛泽建、夏明震等一大批党的干部曾来这里指导过工作。

1927 年 11 月，戴今吾带领游击队员在岣嵝峰上与国民党清乡队、团防局浴血战斗十余天，由于叛徒出卖，在禹王殿，戴今吾等十五人同时被捕。

在狱中，敌人来劝降，被戴今吾义正词严地拒绝了："大丈夫爱国应是如此，头可断，血可流，要我投降，那是永远都不可。"

1927 年 12 月 31 日凌晨，戴今吾，这位岣嵝峰下的农民运动领袖，这位湘南地区第一个红色政权支部书记，在衡阳市演武坪英勇就义。

那条明代永乐年间修建的古道，在静静地伸向远方。这条路上，曾经留下过多少革命先烈的红色足迹。那座诞生过红色政权的破庙，如今已修缮一新，以永不褪去的红色底色和崭新的昂扬姿态，在岣嵝峰下，矗立成一座历史的丰碑，铭刻成一个永远的记忆……

在衡阳县西南的大云山下的清潭村，有一座旧祠堂，叫熊氏宗祠。这是一座典型的清代建筑，白墙青砖黛瓦，掩映在翠竹青山之中，显得那么的古朴而庄严。

就是这座祠堂，曾经是中共清潭地下支部的旧址。如今，成了全市红色教育的基地。

1932 年秋天，国民党三十万大军对中央红军进行第三次围剿。由周恩来亲自领导和组织的中央特别情报科，为收集湖南军阀何健针对井冈山及湘鄂赣红军的战略情报，派出衡阳库宗牌楼人刘道衡负责在长沙组建湖南情报组。1938 年因抗战转移到衡阳县库宗牌楼村，成为牌楼地下党支部

的一个党小组。同年，当时在中央特科工作的井头人熊子烈受中央的委派，以教书为掩护，回到家乡清潭村开展党的活动，并创办了"永康乡熊族私立清潭小学"，成立党小组。

1942年春，经上级党组织批准，在清潭正式成立地下党支部。熊子烈任支部书记。

时值抗日战争关键时期，在中央特科和湖南工委的领导下，熊子烈带领十多名党员以清潭小学为阵地，积极开展抗日救国活动和反"征兵、征粮、征税"的"三征"斗争。

1938年2月，新四军第一支队一团从平江开赴皖南抗日前线。1939年6月12日，国民党杨森部突然袭击新四军驻平江的通讯处，新四军一批领导人及红军家属等一千余人被杀害。这一事件在历史上称为"平江惨案"。从此，党的组织从公开活动转入地下斗争，一大批党的干部也陆续撤离城市转移到农村。清潭地下党支部就成了这批党员干部和革命志士的隐藏之处。因此，清潭地下党支部也被党内和进步人士誉为山冲里的"小苏区"。

在抗日战争时期，清潭地下党支部积极发动群众，捐款捐粮，支援抗战前线，当好抗日的"后勤保障"队。解放战争时期，清潭地下党支部组织进步青年，成立了"长永学友会"，迎接衡阳解放。

就是这样一座旧祠堂，成为革命的摇篮，孕育和培养了刘道衡、熊子烈、黄道奇、周里等一大批优秀的革命志士。就是这样一座旧祠堂，如今成了一处革命圣地，红色教育基地……

洪市镇，这片红色的土地，扼衡邵交通咽喉。在这片土地上，有一座洪市衡宝战役烈士墓，一群青春男儿，一群英勇战士，一群无名烈士，他们用殷红的鲜血染红了这片沃土，他们用年轻的生命换来了今天的幸福与和平。他们，大写在祖国的山水之间，化为天地浩气。

1949 年农历 8 月 13 日，衡宝战役在洪罗庙境内摆开了战场。解放军四野一六二师四八五团二营追击白崇禧残部，在天柱峰下大战三天三夜，战斗十分惨烈。在笔架山，敌军飞机狂轰滥炸，四十多名解放军战士被炸得血肉横飞。在波罗山上，七名战士与敌军拼刺刀，全部壮烈牺牲。在这次战役中，九十七名解放军指战员壮烈牺牲。

中秋节那晚，洪市当地村民看到牺牲者帽子上的红五星，知道他们是解放军，含泪收拾遗体，就地分六处对九十七名烈士进行了安葬。

为了纪念这群革命烈士，这里已建成了一个洪市烈士陵园。就是这群烈士，为了中国革命的最后胜利，舍生忘死，杀身成仁，永远安息在这绿水青山之间。他们年轻的生命，永远定格在中国共产党的历史中。

"将身心献人民，以正义还天地"，烈士墓碑上的墓志铭或许就是今天人民对他们的最高评价和赞誉。

一寸河山一寸血，一抔热土一抔魂。青山有幸埋忠骨，烈士精神万古存……

今天，站在这里，站在建党一百周年这个历史新的起点，我们虽然不是那段血与火的历史见证者和参与者，但我们是历史的聆听者和感悟者。

百年征程波澜壮阔，百年初心历久弥坚。知所从来，方明所去。让我们追寻红色记忆，深植红色基因，将这些令人心潮澎湃的信仰故事，将那些光芒闪耀的红色足印，化作今天"后来人"继续前行的精神之源。

热土蒸阳，红色记忆。启航新征程，实现复兴梦。让我们在擦亮红色底色、赓续先烈血脉中，去创造一个又一个新的辉煌！

（记于 2021 年 6 月 8 日）

本文刊发于 2021 年 7 月 13 日《衡阳晚报》副刊头条、发布于 2021 年 12 月 13 日湖南政协云。

江山就是人民

从 1921 年 7 月 1 日，十多名热血青年讨论山沟里的马克思主义，到 1949 年 10 月 1 日，一位巨人站在天安门城楼庄严宣告。

从"小小红船"，到"巍巍巨轮"，从井冈山的星火，到延安的窑洞。

从赤水河上的惊波拍岸，到大别山上的硝烟迷茫，从春天里的故事，到新时代的思想。

从万里长征，到实现中华民族伟大复兴，从两弹一星的成功，到问长空向深蓝。

那每一个催人泪下的感人故事，那每一段充满艰辛的奋斗历程，那每一滴滚烫的热血，那每一个深深的足印。

无不是在告诉我们——

江山就是人民，人民就是江山！

回望那曾经艰难而伟大的征程，回首那些激情燃烧的岁月，人民，这一红色基石，人民，这一无穷伟大，铸就了中华民族巍巍大厦，以昂扬的姿态，屹立于世界的东方！

这里的人民，有"清澈的爱，只为中国"的深情表白；这里的人民，有"砍头不要紧，只要主义真"的坚定执着；

这里的人民，有"喜看稻菽千重浪，满地英雄下夕烟"的豪迈。

没有一种根基，比扎根人民更加牢固；没有一种力量，比来自人民更加强大。一条被子，剪成两半，一半留给了革命，一半温暖了人民；最后一碗米，送去做军粮；最后一尺布，送去做军装；最后一个娃啊，送去上战场。这，就是人民；这，就是"后浪"！

回望历史，我们永远难忘——淮海战役，是人民用小推车推出来的胜利；渡江战役，是人民用小木船划出来的波浪。

喜看今朝，我们信心满满——热火朝天的社会主义，是人民撸起袖子干出来的奇迹；伟大的改革开放，是亿万人民满怀激情创造出来的灿烂。

是啊，初心如炬，使命在肩。有深藏功名的张富清，有甘于奉献的袁隆平，有抗疫当先的钟南山……

在脱贫攻坚战场上，一个个党员干部精锐出征；在新冠疫情突发时，一个个白衣战士披甲逆行；在人民需要时，一个个党员干部舍生忘死迎难而上。

因为，他们来自人民，他们根植于人民，他们服务于人民，他们始终把人民的冷暖系在心间，他们始终把人民的利益举在头顶。

一百年的不懈奋斗，一百年的风雨征程，无不凝聚了人民的智慧，人民的伟力；一百年的顽强拼搏，一百年的无私奉献，无不彰显执政为民的理念，江山就是人民的诺言！

群众利益无小事，人民对幸福美好生活的向往，就是我们党员干部不懈追求和努力的方向。以人民为中心，与人民同呼吸共患难，这就是生动诠释了——江山就是人民，人民就是江山。

回首千乘抬眼望，不破楼兰誓不还。胸怀千秋伟业梦，恰是百年正风华。

站在新的历史起点，我们不负时代期望。想人民之所想，干人民之所盼，让我们汇聚亿万人民的力量，去建设美丽中国，去建设美丽江山，为实现中华民族伟大复兴的中国梦，去乘风破浪，去开创一个又一个新的辉煌！

（记于 2021 年 7 月 1 日）

本文发布于 2021 年 12 月 21 日湖南政协云。

醉心传播家乡美

——写作体会

美不美，家乡景；甜不甜，家乡水；亲不亲，家乡人。

家乡是根，是脉，是我心灵栖居的地方。那里，有乡情、乡愁、乡韵和家乡的人文历史，因此，家乡也是我写作的灵感与源泉。用心发现家乡美，是我的真情所至；醉心推介家乡美，是我的责任使然。

在忙碌的工作之余，把自己的情感与思想，融入家乡的一草一木、一山一水、一人一景，去穿越家乡的历史，去体会乡亲的悲欢，去感受家乡的韵味，去抚摸家乡的历史，让我心陶醉，情飞扬，念悠悠，意切切，无不是一次次心身的休闲与修行。

用乡愁般的情感，用乡情般淳朴的文字，用乡音般亲切的语言，诠释出家园的美丽，让人勾起家乡沧桑的记忆，让人珍惜当下的年华，让人憧憬未来的可期，从而引起广泛共鸣。这，便是我的文字追求。

本文刊发于 2021 年 1 月 23 日《衡阳晚报》。

愿有岁月可回首

（代后记）

　　人的一生，有许多的记忆，或春风十里，阳光明媚，或秋水长天，菊黄漫野；也有忙碌后的惬意，也有伤痛后的印记，或者成功后的欣喜。

　　没有用心，再美好的事物都是云烟；没有用情，再美好的风景都是图片；没有思索，再深邃的火花都是暗淡。唯有，用心，用情，用爱，去发现身边的美，去品尝人生的味，才能知岁月甘甜，才能尝岁月辛酸，才能

图为作者(左二)作为 2020 年衡阳市"十佳互联网年度人物"领奖。

忆过往流年。

"人生若如初相见，何事秋风悲画扇"，是用情最深，用爱最浓的情感回忆；"愿你出走半生，归来仍是少年"，是用心最美，祝愿最真的人生回忆；"暗淡了刀光剑影，远去了鼓角铮鸣"，是感悟历史，感悟故人的深深忆念。因此，用心，用爱，用情，用一双发现美的眼眸，用一颗品味岁月的温心，去追忆曾经的过往流年，去感受当下的经世美丽，去触摸家园一段段历史痕迹，去追梦未来的漫漫步履，用我的文字诠释岁月深处的呼吸，用我的语言诉说家园深处的故事。这样，才有追忆，才有留恋；才有往事，才有日后人生的回味。

于是，心安暖了岁月，情温暖了家园。你便可拾忆梦里遗韵，梳理旧事心痕。任光阴流年远去，总会把历史的记忆留住。我便把身边的人文，历史的遗迹，家园的美丽，融入自己思想的飘逸，编成岁月的模样，日后慢慢去读懂她的风韵秀丽。同时，也愿我的文字素笺，可以让我的读者看到岁月的云淡风轻，领略文字的唯美意境。

但愿，许多年之后，时光依然静好，而你我的家园，我的读者，我的父老乡亲，始终眉眼如初，浅笑嫣然。

但愿，人生少些沧桑，家园轻拥流年，我温一壶酒，解你思乡情。

（罗平记于 2021 年 12 月）